SCARBOROUGH FAIR

Ungekürzte Taschenbuchausgabe
1.Auflage Juli 2022
©Thomas Ebeling
Bibliografische Information der
Deutschen Nationalbibliothek:
Die Deutsche Nationalbibliothek verzeichnet
diese Publikation in der Deutschen
Nationalbibliografie;
detaillierte bibliografische Daten sind
im Internet über: dnb.dnb.de abrufbar.
Satz und Gestaltung vom Autor selbst
Cover: »Ophelia« Sir John Everett Millais 1852,
Sammlung Tate Britain
Foto: WikiCommons gemeinfrei
Covergestaltung: Orthen Design
Herstellung und Verlag: Books on Demand BoD,
Norderstedt
ISBN: 9783756227006

ZU DIESEM BUCH:

Die Handlung in diesem Buch ist frei erfunden. Jede Ähnlichkeit mit lebenden Personen ist Zufall. Historische Persönlichkeiten wurden erwähnt, ihre charakterlichen Eigenschaften sind aber von mir interpretiert oder angedichtet. Ihr Andenken soll in keiner Weise gestört werden.

SCARBOROUGH FAIR

DIE SÄNGERIN

1778

Novelle

Thomas Ebeling

1 Gefängnis von New Gate, London

»Der Mann ist doch schon seit Tagen tot! Wieso ist das niemandem aufgefallen? Die Vorschrift lautet, dass jeder Gefangene stündlich angesprochen wird, zwei Mahlzeiten am Tag erhält und die Zelle sauber gehalten werden muss! Was ist denn das für eine verdammte Schlamperei?«, schrie der Gefängnisleiter Walter Higghamm die beiden Wärter an. Dann hielt er sich wieder sein lavendelgetränktes Schnupftuch vor die Nase. Der Gestank nach Fäkalien, Tod und Verwesung war bestialisch. Die Wärter blickten nur beschämt zu Boden. Sie wagte keine Widerrede.

»Leuchten Sie mal hierher, ich kann kaum etwas erkennen!«, befahl der Vorgesetzte barsch. Einer der beiden Wärter ging mit seiner Tranlampe um den Toten herum. Higgham ging in die Hocke, um mehr zu erkennen.

Als er das Gesicht des Toten sah, erschrak er und sprang auf. Schon oft hatte er Leichen in allen Stadien der Zersetzung gesehen, aber das hier war außergewöhnlich grausig.

»Oh, mein Gott!«, stieß er hervor.

Viel konnte man hier nicht erkennen, die Gänge und Zellen des Gefängnisses Newgate waren nur unzureichend mit einzelnen Tranlampen beleuchtet. Die Zelle des Toten selbst war spärlich eingerichtet und schmutzig, obwohl sich der Mann eine besondere Behandlung erkauft hatte.

Die drei Männer standen vor dem Leichnam eines Mannes, dessen Gesicht von den allgegenwärtigen Ratten angefressen worden war. Die Gesichtszüge des Gefangenen waren kaum mehr zu erkennen. Auch die Hände waren von den Nagetieren nicht unberührt gelassen worden. Im Fleisch des Mannes tummelten sich Maden.

Doch Körpergröße und Kleidung des Verstorbenen waren eindeutig dem zum Tode durch den Strang verurteilten ehemaligen Anwalt Horatio Ryker zuzuordnen. Niemals hätte er seine Zelle oder diesen Teil des Gefängnisses unbemerkt verlassen können, obwohl sich Teile des Gebäudes noch in Bau befanden. Für den Aufseher bestand kein Zweifel, dieser Mann musste bereits seit Tagen tot sein.

Übermorgen war die Hinrichtung angesetzt, der Galgen in Tyburn war aufgebaut und die besten Plätze für Zuschauer waren bereits verkauft. Wie viele Verurteile vor ihm, hatte auch Ryker eine Abschiedsrede vorher drucken lassen, was die Bevölkerung als sehr nobel ansah. Dieser selbstverfasste Nachruf sollte vor der Exekution als »Programmzettel« verkauft werden. Das war durchaus üblich und gehörte zum makaberen Schauspiel einer Hinrichtung in Tyburn. Der Haftleiter Higgham selbst hatte Ryker diesen Dienst angeboten und würde nun auf den Kosten sitzen bleiben. Er war ausser sich vor Wut.

»Dafür werden Sie büßen! Alle beide! Das ist ein absolutes Versagen! Noch dazu hier in der Master's side!«

Es gab in jedem Gefängnis eine »Master's side«, die mit einigen Annehmlichkeiten aufwartete, die allerdings vom Gefangenen selbst bezahlt werden mussten. Die »Common-« oder »Poor-side« bot dies nicht.

Natürlich kam es immer wieder vor, dass Rationen für die Gefangenen von den Aufsehern verkauft wurden und die Inhaftierten nie erreichten. Die Aufseher wurden einfach zu schlecht bezahlt und nutzten jede Gelegenheit, um eine Münze zu machen. Sie waren bestechlich und korrupt. Konnte man es ihnen verübeln? Schließlich sagte bis in die höchsten Kreise niemand nein, wenn sich die Möglichkeit eines Nebenverdienstes bot. Wenn ein Gefangener nicht von selbst seine Bedürfnisse kund tat und die Wärter ansprach, konnte es schon vorkommen, dass man sich lieber um Leute kümmerte, die jede Dienstleistung mit barer Münze zahlten.

»Nun, Sir, der Mann wollte nicht gestört werden. Er hat sogar extra dafür bezahlt«, sagte einer der Wärter.

Higgham schüttelte nur den Kopf. Im Gegensatz zu seinem Personal kam Higgham nur selten in die Zellen und Gänge. So lange es gut lief war das auch nicht nötig.

»Lächerlich! Dann hätte er ja auch dafür zahlen können, dass Sie ihn frei lassen. Das verstößt eindeutig gegen die Vorschriften, Mann!«

»Äh, könnten wir den Mann nicht trotzdem hängen, Sir? Ich meine, man hat doch auch schon Todkranke aufgeknüpft, die nicht einmal mehr gehen konnten«, fragte der andere kleinlaut, als Versuch, sich aus der Affäre zu ziehen.

Das bleich gepuderte Gesicht des Oberaufsehers war trotz der schlechten Beleuchtung im Halbdunkel der modrigen Zelle gut zu erkennen. Er war sehr wütend.

»Verdammter Dummkopf! Der Tote war nicht irgendwer! Das war Horatio Ryker. Ein Hochverräter, Betrüger und Mörder aus Irland. Seit einem Jahr wartet er auf seine Hinrichtung. Viele Lords und Ladys hatten sich angekündigt, nicht nur das einfache Volk und Schaulustige! Da kann der Henker doch keine Leiche mit zerfressenem Gesicht an den Strick hängen!«

Nein! Walter Higgham, der Gefängnisleiter und oberster Aufseher in Newgate, dem Gefängnis von London, musste diese Sache dem zuständigen Richter melden und die beiden Verantwortlichen ebenfalls in eine Zelle werfen lassen. Er konnte nur hoffen, seinen Posten behalten zu dürfen und einer Bestrafung zu entgehen. Einen Toten hängen? Sicherlich, einen Betrug mit einer gut aussehenden, frischen Leiche konnte man vielleicht riskieren. Er selbst hatte schon des öfteren todkranke Gefangene, die nicht einmal mehr in der Lage gewesen waren zu gehen, zum Schafott führen lassen. Aber einen Kadaver ohne Gesicht?

Nonsens!

Zum Glück war für den gleichen Tag die Hinrichtung eines gewissen William Dodd angesetzt, einem angesehenen Geistlichen und Literaten, der sogar Hofprediger gewesen war. Dieser saß ebenfalls in Newgate ein und wartete auf seinen Tod. Im Vergleich zu

Ryker, den man wegen mehrfachen Mordes, Betruges und Erpressung verurteilt hatte, war sein Vergehen, die Fälschung eines Schuldscheines, geradezu lächerlich. Trotzdem stand auch darauf der Tod durch die Hand des Henkers. Er sollte kurz nach Ryker an den Galgen gehen, damit waren die geschäftlichen Verluste für Higgham, der auch hier seine Finger im Spiel hatte, Gott sein Dank überschaubar.

Aber die Hinrichtung Rykers war natürlich hinfällig. Nach Vorschrift musste nun sein Leichnam von zwei weiteren Beamten begutachtet und identifiziert werden. Erst dann konnte man ihn aus der Zelle entfernen. Higgham überlegte bereits, wen er hier hinzuziehen konnte. Er brauchte jemanden, der keine unnötigen Fragen stellte.

Später würde man die sterblichen Überreste des Gefangenen Ryker in einer Ecke des Hofes der Festung verscharren. Kein Grabstein und kein Hinweis sollte auf den Mann deuten, der hier seine letzte Ruhe finden würde.

2 Die Richtstätte

In Tyburn war das Spektakel in vollem Gange. Um den markanten, dreibeinigen Galgen des kleinen Vorortes von London hatte sich eine große Menschenmenge versammelt und wartete auf die Ankunft der Karren, mit denen die Todeskandidaten zum Galgen gefahren wurden. Diese wurden von einem Trupp Soldaten bewacht, die allerdings weniger wegen der Fluchtgefahr der Delinquenten dabei waren, als vielmehr zum Schutz von dem Mob. Seit Jahrhunderten diente dieser Platz als Hinrichtungsstätte für die City of London. Am »triple tree«, dem dreibeinigen Galgen, der im Volksmund auch die »dreibeinige Gaul« oder der »dreibeinige Schemel« genannt wurde, konnten mehrere Menschen gleichzeitig hingerichtet werden. Es gab Buden mit allen möglichen Speisen, Bier und andere alkoholische Getränke wurden ausgeschenkt, Waren feilgeboten. Es gab Logenplätze auf einer extra errichteten Tribüne und einfach Bänke und Tische, von denen aus man bequem zusehen konnte, wie die Verurteilten hingerichtet wurden. Dabei konnte man sich bedienen lassen und angenehm speisen.

Gerade wurde die letzte Ansprache des ersten Delinquenten für den heutigen Tag verlesen. Der Speaker sprach langsam, deutlich und mit lauter Stimme die dramatischen Worte, betonte an den richtigen Stellen und ließ dramaturgische Pausen, damit das Publikum mit »Ohh!« und »Ahh!«, Buh-Rufen oder kurzem Beifall reagieren konnte. Das ganze zog sich derart in die Länge, dass der Henker, der am Galgen wartete, schon ungeduldig von einem Fuß auf den anderen trat. Wollte dieser Mann sein Leben durch ein paar Zeilen um lächerliche fünf Minuten verlängern? Oder sollte man ihn ob dieser ergreifenden Rede einfach besser in Erinnerung behalten? Jedenfalls stand der Mann breitbeinig und selbstgefällig auf dem Karren, und man konnte den Eindruck haben, dass er stolz auf seine Tat sei. Dabei war er nichts anderes als ein niederträchtiger Frauenmörder. Aber hier wurde seine Tat als eine Folge von wiederholtem Ungehorsam und Respektlosigkeit ihm gegenüber dargestellt. Dazu wurde ein Bild einer schweren Kindheit mit gnadenloser Ungerechtigkeiten und noch dazu schwerer Schicksalsschläge im Leben des Verurteilten gezeichnet, welches so übertrieben schien, dass jeder vernünftige Mensch ob dieser Darstellungen zweifeln musste. Doch dem Publikum gefiel das anscheinend gut, nicht wenige der Wachsoldaten fürchteten, der Mob könnte alsbald den Galgen stürmen, um den armen Elenden zu retten. Doch soweit ging das Mitgefühl der Menge nicht. Als der Speaker geendet hatte, applaudierte die Menge. Aber die Hauptattraktion war schließlich nicht die Rede, sondern der Tod dieses Mannes. Man erwartete, dass der Verurteile in möglichst lässiger Haltung zum Galgen ging, vielleicht noch einen letzten markanten Spruch von sich gab, und dass dann der Henker professionell sein Handwerk ausübte. Dafür würde es dann noch einmal ausgiebigen Applaus geben.

Benjamin Jenkins, der mit seinem Vorgesetzten Adam Collins ebenfalls diesem makaberen Schauspiel beiwohnte, schüttelte nur den Kopf. Das hier war nichts anderes als eine Show. Abschreckend war eigentlich nur das Verhalten der Zuschauer. Die beiden hatten keinen der Logenplätze, sondern standen in der drängelnden Menge, die gerade eben den Karren mit dem Verurteilten vorbeigelassen hatte. Makaberer weise lag der Sarg für den Delinquenten gleich mit auf dem Wagen, was dem Umstand zu verdanken war, dass man den Leichnam nach dem Ableben zeitnah vom Galgen abnehmen und in der Kiste zum Friedhof weitertransportieren würde. Das ersparte Zeit und Geld.

Als nächstes verlas der Speaker das Urteil:

»Harold Manson, Schneider zu London, wurde für schuldig befunden, seine Ehefrau Eleonore schwer verletzt und ihren Tod billigend in Kauf genommen zu haben!«

Wieder machte er eine Pause, damit die Menge mit »Buh«-Rufen, Pfiffen und anderen Bekundungen auf das Urteil reagieren konnte.

»Darum wurde er nach gerichtlicher Prüfung zum Tode durch den Strang verurteilt!«

Dafür gab es Applaus.

Dann trat der Henker einen Schritt vor, stieg auf den Karren hinauf und legte den sauber geknoteten Galgenstrick um den Hals des Todeskandidaten, der kurz vorher von einem Priester die letzten Sakramente zugesprochen bekommen hatte. Dann blickte der Henker noch einmal zum Richter, der kurz nickte. Der Karren fuhr dann einfach ein Stück weiter, bis der Verurteilte den Boden unter den Füssen verlor und zwei Fuß tief fiel. Mit einem Ruck blieb er am gestreckten Seil hängen. Das brach ihm das Genick, er war sofort tot. Dies galt als gnädig, weil es keinen längeren Todeskampf gab. Wieder applaudierte und jubelte die Menge, nun als Beifall für den Henker.

Collins empfand diese Bestrafung als viel zu milde, im Gegensatz zu dem, was der Mann getan hatte. Er hatte seine eigene Ehefrau auf bestialische Weise ermordet, nachdem er sie zunächst mit einem Messer schwer verletzt hatte, hatte er sie stundenlang malträtiert, bis sie schließlich verblutet war.

Den Umstand, daß man seinen Ausführungen über den Speaker und sogar auf gedruckten Flugblättern solches Gehör schenkte, hielt Collins schlichtweg für skandalös. Er und seine Kollegen vom London Metropolitan Police Service hatten den Mann überführt, er hatte ohne Folter gestanden. Nur deswegen war der Polizist mit seinem jungen Kollegen heute gekommen: Um zu sehen, wie dieser Verbrecher seine gerechte Strafe erhielt. Eine weitere Hinrichtung, die des Anwalts Horatio Ryker, war ausgefallen, der Mann war kurz zuvor in Haft gestorben. Die Umstände waren durchaus geheimnisvoll gewesen, aber eine Untersuchung war von vorne herein als unnötig erachtet worden. Schließlich ging man davon aus, dass der Mann nun bekommen hatte, was er verdiente. Der letzte und prominenteste Verurteilte an diesem Tag war ein gewisser William Dodd, nach einer kurzen Pause sollte dieser ebenfalls gehängt werden. Dodd war bei der Bevölkerung durchaus bekannt, war er doch Hofprediger seiner Majestät gewesen. Collins blickte sich um, im Publikum waren alle Gesellschaftsschichten anwesend. Darunter illustre Persönlichkeiten. Für einen kurzen Moment sah er einen einzelnen Offizier in roter Uniform, der ihm, obwohl mit Perücke und gepudertem Gesicht, seltsam bekannt vorkam. Aber es waren so viele Menschen anwesend, das er ihn gleich wieder aus den Augen verlor.

Benjamin hatte seinen Vorgesetzten und Mentor wohl oder übel zu dieser Hinrichtung in Tyburn begleiten müssen, er hatte keine andere Wahl gehabt. Sicherlich, Rykers Hinrichtung hätte sich Ben wohl angesehen, denn schließlich hatte er ihn gekannt und war mit ihm verfeindet gewesen. Das er so lange vor seiner Hinrichtung in Haft geblieben war, war äusserst seltsam.

In Gedanken war er aber ganz woanders. Seit vier Wochen war er nun wieder alleine, seine Frau Molly hatte es vorgezogen, ohne ihn ihre Konzertreisen fortzusetzen. Die gemeinsame Tochter Amanda Rose, die alle nur Rosie nannten, hatte sie bei ihm zurückgelassen. Ben war entsetzt gewesen, mit welcher Kälte Molly das getan hatte. Aber sie schien nur noch ihre Karriere verfolgen zu wollen. Schon seit längerer Zeit hatte sie sich mehr und mehr verändert. Der Gedanke, dass sie ihn und ihr gemeinsames Kind für immer verlassen könnte, zog auch ihm den Boden unter den Füssen weg. Er war nicht in der Lage gewesen, sie aufzuhalten. Vielleicht hatte sie recht gehabt, als sie ihn als » Waschlappen« und » Weichling« bezeichnet hatte. Sein Wiedersehen mit seiner Jugendliebe Emily hatte bei Molly etwas in Gang gesetzt, dass er nur als einen Bruch interpretieren konnte. Es was seine Schuld. Das Arbeitsangebot von Collins bei der Londoner Polizei hatte er im letzten Jahr annehmen müssen, da Lord Dunmore ihm von heute auf morgen seine Stelle als Hauslehrer gekündigt hatte. Lady Dunmore hatte es als nicht besonders schicklich empfunden, den Mann einer Sängerin als Lehrer ihrer Kinder zu beschäftigen.

Ben starrte auf den am Strang baumelnden Leichnam. So gesehen fühlte er sich auch hängen gelassen. Doch eine Scheidung von Molly kam für ihn nicht in Frage. Irgendwann im Herbst oder Winter würde die Konzertreise zu Ende sein und er und Molly könnten wieder zusammen leben. Vielleicht in einem kleinen Cottage, wie damals in Airth, wo Rosie vor eineinhalb Jahren zur Welt gekommen war? Diese Erinnerungen an die glücklichen Tage waren es, an denen Ben sich festhielt. Er würde die Hoffnung nie aufgeben.

» Kommen Sie, Jenkins! Hier gibt es nichts mehr für

uns zu tun. Wir gehen zurück nach Whitehall!«, sagte Collins und riss damit Ben aus seinen Gedanken,

»Im Büro wartet jede Menge Arbeit auf uns. Sie und Black müssen heute noch einige Dinge für mich erledigen!«

Benjamin Jenkins wußte nicht so recht, ob er Collins dafür dankbar sein sollte, dass er ihn vor fast einem Jahr bei den Bow-Street-Runners, wie man die Londoner Polizeitruppe auch nannte, untergebracht hatte. Nach beinahe einem Jahr hatte er erst den Rang eines Sergeants erreicht. Sein Kollege Mortimer Black war bereits Inspector und, obwohl jünger, ihm weisungsbefugt. Collins war damals selbst erst ein halbes Jahr dabei gewesen. Aufgrund seiner Erfahrung, seiner früheren Erfolge, seines früheren militärischen Ranges und, wie Ben vermutete, wahrscheinlich auch durch Protektion, hatte er hier sofort eine leitende Stelle als Chief Superintendent erhalten.

Der junge Mann aus Irland hatte aber keine Wahl gehabt. Nur mit einem festen Gehalt und einer sicheren Anstellung war es ihm möglich, hier in London eine kleine Wohnung zu unterhalten und sogar ein Kindermädchen zu finanzieren, welches sich tagsüber um Rosie kümmerte. Das Angebot von Emily, der Tochter Collins', bei der Kinderbetreuung auszuhelfen, hatte

Ben abgelehnt. Zu sehr fürchtete er die Eifersucht seiner Frau.

Überhaupt ging er Emily aus dem Weg, wann immer er konnte. Dass er mit ihr vor Jahren eine von großer Zuneigung geprägte, freundschaftliche Verbindung unterhalten hatte, die das Potenzial einer Liebesbeziehung gehabt hätte, hatte sie nie vergessen. Doch Ben war fortgegangen, hatte in Dublin Molly kennengelernt und sich in sie verliebt. Er hatte sie gerettet, geheiratet, und war mit ihr nach Amerika geflohen. Über Umwege war das Paar aus dem dortigen Revolutionskrieg wieder zurück nach Britannien gekommen und hatte zunächst von Lord Dunmores Gnaden in Schottland gelebt. Dank des Konzertmeisters Thomas Pimble hatte Molly eine Karriere als Sängerin begonnen, obwohl sie zu diesem Zeitpunkt schon mit Rosie schwanger war. Pimble hatte erkannt, dass Molly ein außerordentliches Talent hatte, traditionelle irische und schottische Volksweisen vorzutragen. Dabei profitierte man von der zu dieser Zeit aufkommenden Mode, heimatliche Gefühle romantisch zu verklären. Seit den Geschichten von James Macpherson, vor allem seinem gälisch keltischen Epos um Ossian, interessierten sich immer mehr Menschen für dieses Thema. Dies bezog sich natürlich hauptsächlich auf die feine Gesellschaft und gehobene Bürgerschaft. Plötzlich waren traditionelle schottische und irische Lieder in gewissen Kreisen en vouge.

3 Fieber

Collins und Jenkins verließen die Hinrichtungsstätte. Sie bahnten sich einen Weg durch die Menschenmenge und gingen zurück in Richtung London. Von weitem hörten sie noch den Jubel der Menge, als der nächste Kandidat sterben musste. Bis nach Whitehall war es ein gutes Stück Weg. Ben war froh, von diesem Ort fortzukommen. DerLärm und der Gestank, die gesamte Atmosphäre, die von solchen Orten ausging, waren ihm ein Graus. Bald wurden die Straßen auf ihrem Weg leerer und sie konnten weiterlaufen, ohne im Zickzack den Händlern und herumstehenden Gruppen ausweichen zu müssen. Kurz bevor sie das Eckgebäude an der Kreuzung Whitehall – Great Scotland Yard erreichten, rief sie jemand von hinten an.

»Mister Collins, Mister Jenkins, Sir! Warten Sie bitte!«

Die beiden Polizisten drehten sich um und erkannten Noris Gunners, den Leibwächter Emilys, den Collins zum Schutz seiner Tochter eingestellt hatte.

»Gunners! Was machen Sie hier? Sie sollten doch heute Vormittag mit Miss Emily unterwegs sein?«, fragte Adam Collins verwundert.

»Ja, Sir, das war ich auch! Doch gewisse, äh, Umstände erforderten mein sofortiges Kommen!«

»Was erzählen Sie da? Welche Umstände? Mein Gott, Gunners, reden Sie doch nicht so gestelzt daher! Was ist los? Wo ist Emily?« sagte Collins nun wirsch.

»Sie ist bei Rosie. Ich soll Ihnen, Mr. Jenkins, Bescheid geben, dass das Kindermädchen krank ist. Sie hat hohes Fieber. Miss Emily hat sie nach Hause geschickt, damit sie das Kind nicht ansteckt!«

»Was? Wieso denn das? Ich meine, was tut Miss Emily bei uns zu Hause? Woher wußte sie, dass Mary krank ist?«, fragte Benjamin nun aufgeregt.

»Ach, wußten Sie nicht, dass Miss Emily jeden Vormittag bei Rosie vorbeikommt? Sie ist ganz vernarrt in das Kind. Wissen Sie, diese Mary ist vollkommen unfähig, sagt Miss Emily. Man kann sie nicht mit einem Kleinkind alleine lassen.«

Ben war wie vor den Kopf gestoßen. Man hatte ihm Mary wärmstens empfohlen und seine Frau Molly war ebenfalls begeistert von der jungen Frau gewesen. Das Kindermädchen hatte auch nie erwähnt, dass sie jeden

Tag Besuch von Miss Emily bekam.

»Gunners, ich glaube nicht, dass...« wollte Ben nun nachhaken, aber Collins wurde die Sache zu bunt. Er fiel ihm ins Wort. Es hatte keinen Sinn mit Gunners zu diskutieren.

»Jenkins, gehen Sie hin und bringen Sie Ihr Privatleben in Ordnung! Und richten Sie meiner Tochter aus, dass ich sie umgehen hier sehen will. Sie können heute frei machen. Black wird sich um die Aufgaben im Büro alleine kümmern. Die fehlende Zeit müssen Sie eben anderweitig nachholen! Gunners, Sie begleiten Mister Jenkins und kommen mit meiner Tochter dann unverzüglich hierher!«, bestimmte nun Collins.

»Danke, Sir. Ich bin morgen früh wieder im Büro.«, sagte Ben etwas verlegen.

»Nun gehen Sie schon!«, sagte Collins etwas milder. Hinter der Fassade des strengen Vorgesetzten verbarg sich ein feinfühliger Mensch, der genau wußte, in welcher Lage der junge Vater steckte.

Ben nickte nur. Was fiel Emily ein? Sich einfach einzumischen! Niemand hatte sie darum gebeten. Er machte sich mit dem Leibwächter auf den Weg, sie würden mindestens eine halbe Stunde benötigen, um zur Bens Wohnung zu kommen. Unterwegs redete er kein Wort mit Gunners. Dieser bemerkte natürlich, daß Jenkins wütend war.

»Da kann ich ja wohl nichts dafür, dass das Mädchen krank geworden ist. Ich hab nur die Botschaft überbracht. Aber wer ist wieder der Sündenbock? Noris Gunners!«, murmelte er vor sich hin und blieb immer weiter hinter Ben zurück, der mit seinen langen Beinen ein sehr schnelles Tempo vorlegte.

»Schlafen Sie nicht ein, Gunners! Wenn sie nicht ständig vor sich hinbrabbeln würden, hätten Sie mehr Luft zum Laufen!«, sagte Ben schließlich ungeduldig. Er war ihm immer mindestens 10 Schritte voraus und hatte bereits mehrmals auf ihn gewartet. Schließlich erreichten sie das Haus von Mrs. Lovell, bei der Ben zwei Zimmer zur Untermiete hatte. Die Frau war Witwe und etwa 60 Jahre alt. Ben bat Gunners draussen zu warten, schließlich ging es ihn nichts an, was er mit Emily zu besprechen hatte. Die Hausfrau kam sofort angelaufen, als sie bemerkte, dass ihr Mieter das Haus betrat. Sie war sehr beleibt, hatte rote Backen und atmete schwer, obwohl sie nur wenige Schritte gelaufen war. Sie war sehr aufgebracht.

»Mr. Jenkins! Wann erhalte ich endlich meinen Mietzins? Sie hatten mir bereits vorgestern das Geld für gestern versprochen. Wenn nicht das kleine Kind da oben wäre, hätte ich Sie längst hinausgeworfen! Aber denken Sie nicht, meine Gutherzigkeit länger ausnützen zu können! Ausserdem wundert es mich doch sehr, dass seit der Abreise von Mrs. Jenkins jeden Tag diese junge Dame hier auftaucht. Wenn Sie sich zwei Kindermädchen leisten, dann können Sie ja wohl auch Ihre Miete bezahlen! So war das nicht vereinbart! Wenn diese andere junge Dame hier wohnt, dann muss ich natürlich eine höhere Miete berechnen!«, begann Mrs. Lovell zu wettern. Mittlerweile war ihr ganzes Gesicht feuerrot.

»Ihnen auch einen guten Tag, Madame!«, sagte Ben freundlich und hielt ihr einen kleinen Lederbeutel mit Münzen darin hin. Zum Glück hatte er gestern seinen Lohn erhalten.

»Das hier sollte für die nächsten Wochen genügen. Natürlich wohnen nur ich und mein Kind hier, bis Mrs. Jenkins von Ihrer Konzertreise zurückkehrt, so wie ich Ihnen das bereits erklärt habe. Und nun entschuldigen Sie mich, Mrs. Lovell. Ich möchte nicht unhöflich sein, aber ich bin in Eile!«

»Ah, schon besser. Vielen Dank, Sir! Aber wegen der jungen Frau da oben müssen wir noch ein Wörtchen reden!«, sagte die Wirtin, schnappte sich den Geldbeutel und rieb ihn prüfend zwischen den Fingern. Ben hatte sich schon an ihr vorbeigeschoben und lief die Stufen zu der Wohnung im ersten Stock hoch. Vor der Türe atmete er kurz durch. Er wollte keinen Streit mit Emily, aber er musste sie zur Rede stellen und ihr dringend nahelegen, sich nicht weiter in seine Familienangelegenheiten einzumischen. Ben nahm seinen Dreispitz ab und klopfte vorsichtig an. Immerhin konnte es sein, dass Rosie schlief.

Dann trat er ein.

Emily stand mit Rosie in den Armen mitten im Zimmer und sah Ben an. Das Kind hatte den Kopf an Emilys Schulter gelegt und schlief. Wie schön die beiden aussahen! Der Anblick rührt Bens Herz und aller Ärger war verflogen.

»Psst!«, flüsterte die junge Frau und legte ihren Zeigefinger auf den Mund, »Sei bitte leise. Sie ist gerade eingeschlafen. Ich fürchte, sie hat auch das Fieber. Sieh nur, wie ihre Wangen glühen!«

Ben kam vorsichtig näher. Alle Wut, alle Vorwürfe die Ben während des Wegs hierher in den Sinn gekommen waren, schienen plötzlich unwichtig, geradezu absurd. Jetzt ging es nur um das Kind. Rosie schien im Moment alles zu sein, was ihm geblieben war.

»Glaubst Du, dass Mary sie angesteckt hat?«, flüsterte Ben.

»Ich vermute eher, dass Mary sich bei Rosie angesteckt hat. Der Doktor meinte, es wäre eine Kinderkrankheit, die Kleinkinder leicht überstehen. Rosie geht es wesentlich schlechter«, sagte Emily sanft und wiegte das Kind leicht.

»Wieso Doktor? Warum erfahre ich das erst jetzt?«

»Nicht so laut! Hat Noris Fischauge Dir nichts gesagt? Er war gerade hier, ich habe ihn holen lassen und auch bezahlt. Du musst mir nicht danken!«

Wieder fiel Ben nichts passendes ein. Immerhin schien sich Emily wesentlich mehr für Rosie zu interessieren, als die leibliche Mutter. Benjamin wußte nicht einmal genau, wo seine Ehefrau zur Zeit war. In ihrem letzten Brief hatte sie geschrieben, dass sie mit Pimble in Bath sei und wegen der großen Nachfrage ihren Aufenthalt dort verlängern wollte. Doch das war schon vor mehreren Wochen gewesen. Seit dem hatte er keine Nachricht.

Ben musste grinsen. Noris Fischauge. Emily hatte einen sonderbaren Humor. Aber treffender konnte man Gunners kaum beschreiben. Dennoch wollte er nun ernst mit ihr reden.

»Emily, hör zu. Ich bin Dir wirklich dankbar, dass Du Dich so rührend um Emily kümmerst. Aber Molly wird das nicht gut heißen! Du kannst doch nicht unser Kindermädchen sein. Wie stellst Du Dir das vor?«, versuchte Ben nun das schwierige Thema anzugehen, »Ausserdem finde ich eine solche Heimlichtuerei unmöglich!«

Rosie zitterte leicht im Schlaf.

»Oh, mein Gott, was hat sie?«, fragte er erschrocken.

»Nur leichte Fieberkrämpfe: Mach' Dir keine Sorgen.«

»Ah, ja? Nun dann ist es gut. Aber ich möchte eine Antwort von Dir!«, sagte Ben nun doch etwas lauter.

»Psst! Ist ja schon gut! Ich entschuldige mich! Aber Du hättest es niemals erlaubt. Und ich konnte nicht zusehen, wie diese unfähige Mary Euer Kind vernachlässigt. Rosie hat stundenlang geschrien, ich kam zufällig hier vorbei und die Hausfrau hat sich beschwert.«

»Du hättest zu mir kommen müssen, Emily!«

»Ach ja? Und was hätte der feine Herr dann getan? Schließlich musst Du arbeiten und Geld verdienen, da Mrs. Jenkins Euch ja im Stich lässt.«

Nun war es Emily, die lauter wurde. Rosie reagierte sofort und wurde unruhig.

»Psst! Gib sie mir!«, zischte Ben.

Vorsichtig nahm der junge Vater sein Kind in die Arme und begann eine Melodie zu summen. Emily war erstaunt. Erst jetzt nahm sie die tiefen Augenringe in

Bens Gesicht wahr. Er war es, der sich jede Nacht alleine um das Kind kümmerte, es fütterte, saubermachte, wickelte und in den Schlaf wiegte. Wenig Schlaf und viel Arbeit. Eigentlich das Los der Mutter.

»Es tut mir leid. Ich bin egoistisch. Ich werde mich nicht mehr einmischen, das verspreche ich, Ben!«

Ben sah Emily an. Er wußte, dass er Hilfe brauchen würde. Trotzdem tat er sich schwer das zuzugeben.

»Na gut. Du musst Dich nicht entschuldigen. Du meintest es sicherlich nicht böse. Bitte, kannst Du Dich um Rosie kümmern, bis Mary gesund ist, oder, was wahrscheinlich noch besser wäre, bis ich eine andere Nanny gefunden habe?«, sagte Ben, dem immer mehr bewusst wurde, dass er kaum eine andere Wahl hatte.

»Ich weiß nicht, ob Vater das erlauben wird. Er denkt....«, Emily brach ab. Sollte sie Benjamin wirklich verraten, dass Collins ahnte, dass seine Tochter ihn immer noch liebte? Sei sah Ben in die Augen.

»Sag es nicht, Emily. Ich bin ein verheirateter Mann. Eine Scheidung kommt nicht in Frage! Nicht, nach dem, was Molly und ich durchgemacht haben. Gut, wir haben zur Zeit eine schwierige Phase. Aber ich unterstütze sie, ich möchte, dass sie ihren Weg gehen kann. Sie musste schon so oft ihre Träume begraben. Ich werde ihr diesen nicht auch noch nehmen.«

»Aber..., liebst Du sie denn noch?«

Ben antwortete nicht. Rosie war in seinen Armen wieder fest eingeschlafen. Ben legte sie vorsichtig in ihr Bettchen.

»Hat sie genug getrunken? Wo ist denn die Flasche?«, lenkte er ab.

»Natürlich, Ben. Sieh her, sie hat die ganze Glasflasche ausgetrunken. Der Doktor meinte, das Trinken wäre das wichtigste bei Fieber. Wasser, Tee oder Milch, ganz egal, was. Mary meinte, etwas Bier wäre gut. Aber das finde ich nicht!«, sagte Emily ernst.

»Aha. Nun gut. Ich denke, ich komme für heute alleine zurecht. Könntest Du morgen kommen, bevor ich zum Dienst muss?«, fragte Ben und ärgerte sich doch etwas, dass er nun doch auf Emilys Hilfe angewiesen war.

»Natürlich. Ich sage Vater, dass Du morgen etwas später kommst. Schließlich muss eine Lösung gefunden werden.«

Ben nickte. Emily reichte ihm die Hand zu Abschied. Ben nahm sie und fühlte sich wie elektrisiert.

»Bis Morgen, Benjamin Jenkins!«

»Bis morgen, Miss Collins«, sagte er förmlich.

Emily lachte und ging hinaus.

4 Bath

»Wie schön es hier im Süden doch ist, Mr. Pimble!
Ich hätte nicht gedacht, dass man hier den Sommer
so angenehm verbringen kann«, sagte Marian Wallace,
während sie vor dem großen, sichelförmigen Gebäude des Royal Crescent mit Blick in den riesigen wunderschön angelegten Garten genüsslich eine Schokolade
trank. Sie und ihr Gegenüber saßen auf extra herbei-
getragenen Gartenmöbeln unter einem Sonnenschirm
sehr exponiert da, und immer wieder wurde die Sängerin von vorbei spazierenden Passanten erkannt und
freundlich gegrüßt. Dies quittierte sie stets mit einem
Lächeln und huldvollem Nicken. Sie hatte sich seit dem
letzten Jahr sehr verändert. Sie trug eine hohe, schnee-
weiße Perücke, ihr Gesicht war blass geschminkt und
ihre Wange stets mit einem schwarzen Schönheitsfleck
versehen. Nur wer sie gut kannte, entdeckte hinter der
perfekten Fassade das irische Mädchen Molly Malone,
beziehungsweise Mrs. Molly Jenkins, wie sie verheira-

tet hieß.

»Ich habe Ihnen also nicht zu viel versprochen, Madame? Hier in Bath pflegt die feine Gesellschaft schon seit Jahrhunderten zu kuren. Das Klima und die heißen Quellen sollen für die Gesundheit sehr zuträglich sein. Aber wir sind ja nicht nur zum Vergnügen hier! Unsere Konzerte sind jeden Abend ausverkauft. Gestern waren es mehrere hundert Menschen, die Ihnen lauschten. Der Veranstalter hat uns für heute einen Bonus zugesichert. Stellen Sie sich vor, fünf Pfund zusätzlich! Dass Sie erfolgreich sein würden, wußte ich. Aber in diesem Maße? Das übersteigt meine kühnsten Erwartungen!«, gab der Kapellmeister Thomas Pimble zu, als er seine Teetasse auf dem kleinen Tischchen zwischen ihnen abstellte .

»Dazu kommt, dass Sie nächste Woche in Prior Park auftreten sollen. Das wird der absolute Höhepunkt der Saison hier in Bath!«

Er schwitzte etwas in seinem blauen Samtanzug, der so etwas wie sein Markenzeichen war, denn anders als Miss Wallace saß er ihr gegenüber in der vollen Sonne. Aber er freute sich sehr über den Erfolg seines Goldkehlchens. Sie lächelte müde.

»Wie schön. Ich muss nämlich dringend meine Garderobe erneuern. Ich kann schließlich nicht jeden Tag im selben Kleid auftreten, oder? Ich habe hier endlich einen Schneider gefunden, den ich sogleich aufsuchen muss. Ich darf Ihnen die Rechnung wieder bringen, lieber Thomas?«

Thomas Pimble biss sich auf die Zunge. Hätte er nur nichts von dem Bonus erzählt. Die Kosten für Ausstattung und Garderobe hatte er zu Beginn der Reise der Sängerin zugestanden. Sie war seine Entdeckung, er profitierte am meisten von ihrem Erfolg. Aber er war auch Schotte. Seiner Meinung nach konnte man leicht eine ganze Konzertreise mit nur einem Kleid machen. Doch er wagte nicht, das zu thematisieren, bevor die geplanten Konzerte zu Ende waren. Je erfolgreicher sie war, desto launischer war seine Künstlerin geworden. Er versuchte ihr immer alles recht zu machen, damit sie nur keinen der Auftritte absagte. Das hätte ein finanzielles Desaster bedeutet. Pimble rechnete blitzschnell durch, was einen neue Garderobe wohl kosten könnte und kam sofort zum Ergebnis, dass er wohl ein bis zwei Abende einfach ohne Musiker auskommen musste und Marian selbst am Cembalo begleiten würde. Denn auch wenn man hier leicht Musiker bekam, mussten sie doch bezahlt werden. Was Pimble ärgerte war, dass Miss Wallace immer häufiger wertvolle Geschenke von unbekannten Verehrern bekam. Nicht nur Körbeweise Blumen, nein, sogar Schmuck war dabei. Stets waren kleine Kärtchen beigelegt, mit eindeutigen Botschaften und Einladungen. Ob die Dame sich darauf einließ, oder nicht, war Pimble nicht hundertprozentig klar. Auch heute Abend würden sehr bedeutende Persönlichkeiten zum Konzert in Prior Park erscheinen. Pimble war wie immer sehr aufgeregt, mehr als Marian. Sie schien um so selbstsicherer, je öfter sie auftrat. Doch es war dem Konzertmeister aufgefallen, dass sie stets Alkohol trank, auch in ihre Schokolade hatte sie Gin gegeben.

»Wissen Sie, mein lieber Thomas, wenn es so weitergeht, benötige ich ausserdem eine Zofe. Sie müssen wissen, diese Dienerin, die Sie mir besorgt haben, ist einfach zu trottelig. Ich benötige eine Vertraute!«

Wieder sah Pimble Kosten auf sich zukommen. Jetzt wurde diese Frau größenwahnsinnig.

»Äh, bei allem Respekt,Madame! Das halte ich, äh, nicht für meine Aufgabe. Einen solche Dame müssten Sie schon selbst finanzieren!«, platzte es aus ihm heraus.

»Sie enttäuschen mich, Thomas! Das hätte ich nicht erwartet. Ich werde mich jetzt etwas zurückziehen und ausruhen. Ich bin etwas müde«, sagte die Sängerin in einem beleidigten Tonfall. Ihre Laune hatte sich schlagartig verschlechtert.

Pimble sah sie an. Bestimmt bekam sie gleich Kopfschmerzen.

»Nun, gut. Liebste Freundin, ich will sehen, was ich tun kann. Eine Zofe, sagten Sie? Das muss sich doch einrichten lassen...«, sagte er schnell.

»Tun Sie das, Thomas. Ich verlasse mich da ganz auf Sie. Und nun, entschuldigen Sie mich bitte!«, gab die Sängerin trocken zurück. Sie wußte genau, wie sie von dem Musiker bekam, was sie wollte.

Sie erhob sich und raffte ihr Kleid zusammen, um nicht an den Stühlen hängen zu bleiben. Pimble sprang auf und rückte die Möbel etwas bei Seite. Wie sehr sich diese Frau verändert hatte. Im Sommer zwei Jahre zuvor war sie noch eine kleine Hausfrau gewesen, die beim Wäscheaufhängen Volksweisen geträllert hatte. Und nun? Eine launische Diva, welcher der Triumph zu Kopf gestiegen war! Aber Pimble scheute die Konfrontation mit ihr. Zu sehr gefiel ihm dieser Erfolg, an dem er ein Vermögen verdiente. Marian Wallace war sein Produkt, das er vermarkten würde, solange es ging!

Sie hatte wieder einmal erreicht, was sie wollte. Dieser Pimble war einfach zu kontrollieren. Die Sängerin begab sich in ihr Logis, einer Wohnung in einem sehr eleganten Haus ganz in der Nähe, welches Ihr Lord Radnor, ein Freund und Gönner für den Aufenthalt hier in Bath finanzierte. Der junge Lord war zwar frisch verheiratet, hielt es aber ohne Abenteuer scheinbar nicht aus. Bisher hatte sich Molly meistens elegant aus der Affaire ziehen können, wenn seine Avancen zu eindringlich geworden waren, Nur ein- zweimal hatte sie seinem Werben nachgegeben. Sie wußte, wenn sie ihn nicht irgendwie bei Laune hielt, würde er das Interesse bald verlieren. Den Schmuck, den er ihr geschenkt hatte, verwahrte sie sicher unter ihren Unterröcken. Genau wie eine kleine Pistole, die sie stets bei sich trug. Sie hatte gelernt, dass sie sich auf Männer nie verlassen konnte. Selbst Ben hatte sie immer wieder belogen oder ihr zumindest die Wahrheit vorenthalten, auch wenn er stets beteuerte, es immer gut gemeint zu haben. Doch irgendwann war es ihr zu viel geworden. Als dann im letzten Jahr auch noch eine verflossene Liebe Bens wieder aufgetaucht war, hatte sie beschlossen, ihr Schicksal nun ganz in die eigene Hand zu nehmen. Auf die Dauer war Ben einfach zu weich. Er sollte sich um Rosie kümmern und sie in Ruhe lassen.

In seinen Briefen hatte er schließlich immer geschrieben, dass das Kind gut gedeihe und sie sich keine Sorgen machen solle. Ganz kurz nach dem Ihre Milch versiegt war, hatte sie wieder ein kleines Konzert gegeben. Monatelang hatte sie aus Angst, vor Publikum nasse Brüste zu bekommen, darauf verzichtet zu singen. Und wieder nur die Hausfrau für Ben spielen, das wollte sie nicht mehr. Eine geschäftliche oder gar gesellschaftliche Karriere war ihr versagt geblieben. Aber eine künstlerische hatte sich aufgetan. Und Pimble mit seinen weitreichenden Beziehungen hatte sie zu höchstem Erfolg gebracht. Nur deswegen arbeitete sie noch mit ihm zusammen. Sehr bald würde sie sich allerdings nach einem anderen Musikmeister umsehen. Sie wollte nicht nur in England singen. Nein, in ganz Europa sollte man ihre Stimme hören!

»Margret, wo steckst Du!«, rief sie, als sie in ihre Räumlichkeiten kam. Diese Dienerin war nie da, wenn man sie brauchte! Mehrmals rief die Sängerin nach ihr. Schließlich kam sie angelaufen und schob ihre Haube zurecht.

»Entschuldigen Sie, Madame. Ich habe etwas geruht. Sie sagten, dass ich heute Nachmittag frei haben könnte.«

»Ah, ja? Nun, dann ändere ich jetzt eben meine Meinung. Wir müssen sofort zum Schneider. Lassen Sie eine Droschke kommen. Und dann helfen Sie mir bei den Vorbereitungen für heute Abend!«

Alleine die turmhohe Perücke aufzusetzen und auf dem Kopf zu befestigen, würde fast eine Stunde dauerten. Dazu die Schminke, das Make-Up und das Puder. Die Roben der Dame wurden ebenfalls immer ausgefallener. Sie zeigten viel Dekolleté und hatten eine sehr enge Taille. Wertvolle Stoffe und teure Spitze. Eine würdige Verkleidung für die Königin der Nacht!

»Ja, Madame!«

»Und, Margret?«

»Ja, Madame?«

»Sie sind ab nächsten Monat entlassen!«

5 Rache

Tick-Tack! Tick-Tack!

Das Ticken der Standuhr schien den gesamten Raum zu erfüllen. Der Mann atmete durch und ließ sich in den Sessel plumpsen. Dieses Versteckspiel war anstrengend und kostspielig. Lange würden seine Geldreserven nicht mehr reichen. Immer wieder dachte er, eine Flucht ins Ausland wäre nicht teurer gewesen, als sich hier in England unter falschem Namen versteckt zu halten, ständig in Gefahr, erkannt zu werden. Sicherlich, in London und besonders in Dublin gab es einige Leute, die ihm deswegen gefährlich hätten werden können. Aber hier in der südenglischen Provinz wohl kaum.

Allerdings taten sich hier auch keine Verdienstmöglichkeiten für ihn auf. Um einigermaßen standesgemäß zu leben und sich nicht wie eine Ratte im Untergrund verstecken zu müssen, benötigte man eben Geld. Im Moment hielt er sich mit gefälschten Schuldscheinen und Glücksspiel über Wasser. Seit seiner Flucht aus Newgate, die er nur mithilfe seines Netzwerkes hatte schaffen können, war sein Vermögen geschmolzen wie Wachs. Einen großen Teil hatte er für die Flucht selbst investiert, einen weiteren für die Eliminierung eben dieses Netzwerkes, damit es wirklich keine Zeugen für seine Flucht gab. Seine beiden Wärter im Gefängnis waren mittlerweile genauso unter tragischen Umstände umgekommen, wie der Handwerker, mit dessen Hilfe Ryker in einem Fass aus dem Neubau des Gefängnisses geschmuggelt worden war. Auf dieselbe Weise hatte man auch die Leiche eines Doppelgängers in das Gefängnis vorher hineingebracht. Ryker schauderte immernoch beim Gedanken daran, wie er die Ratten angefüttert und selbst dafür gesorgt hatte, dass sie zunächst die Weichteile des Mannes anfraßen. Es hatte Tage gedauert, bis der Mann unkenntlich gewesen war.

Tick-Tack!

Die Zeit lief ihm davon. Alleine diese Unterkunft kostete ihn zwei Pfund in der Woche. Sein Plan nahm aber langsam Gestalt an. Er hatte Molly schon zweimal gesehen. Dass er eine unauffällige Perücke, ein aufwendiges Make-Up mit viel Puder im Gesicht und dazu die Uniform eines Majors trug, war eine gute Tarnung. Natürlich musste er sehr aufpassen, nicht als Betrüger aufzufliegen. Aber er bewegte sich sehr geschickt in gesellschaftlichen Kreisen. Und niedere Dienstgrade stellten keine Fragen, sondern gehorchten. In Bath waren viele Herren in Uniform unterwegs und wenn er diesen aus dem Weg ging, lief er kaum Gefahr aufzufliegen. Ausserdem war er in jungen Jahren selbst beim Militär gewesen und kannte alle Gepflogenheiten. Er hielt seine Tarnung für wasserdicht. Zumindest für den Moment.

Tick-Tack!

Eine Stunde noch bis zum Konzert im Herrenhaus von Prior Park. Dieses Schloss war mittlerweile etwas heruntergekommen, seit es von den Erben des famosen Geschäftsmannes Ralph Allen verkauft worden war. Aber es war noch immer sehr repräsentativ und zog die feine Gesellschaft magisch an. Dazu die Lage über den weiten Parkanlagen, die zwar auch etwas verwilderter waren als noch vor 30 Jahren, aber die grünen Hügel und Wäldchen und die imposante Brücke mit Tempelsäulen über den künstlichen See waren einfach ein Must-See in Somerset. Hier Konzerte zu geben, war zugegebenermaßen ein guter Schachzug Pimbles.

Das Konzert sollte bei schönem Wetter sogar im Freien stattfinden, auch das war sehr ungewöhnlich. Ob der Mann auch noch ein Feuerwerk plante? Das wäre dann wirklich eine Sensation, denn so etwas war eigentlich dem Hochadel vorbehalten.

Ryker lächelte. Sollte Marian Wallace ruhig noch einen kleinen Erfolg feiern. Es würde ihr letzter sein.

Tick-Tack!

Die Standuhr war offensichtlich ein älteres Modell, welches der frühere Hausherr, Mr Faser, für viel Geld wohl als Prestigeobjekt angeschafft hatte. Ein Symbol des Wohlstandes, den der Mann durch Handelsgeschäfte erreicht hatte. Ryker sah sich die Uhr genau an. Form und Bemalung wirkten nicht englisch, er mutmaßte, dass die Uhr holländischen Ursprungs sein musste. Nun war sie im Besitz der Witwe Fraser und erfüllte nur noch den Zweck, durch ihr lautes Ticken den Hausgästen auf die Nerven zu gehen. Ryker bevorzugte seine Taschenuhr, die zwar um ein vielfaches teurer als diese Ungetüm war, dafür aber genauer lief. Sie war das einzige Stück, dass ihm aus seinem früheren Leben geblieben war. Ryker hatte lange überlegt, sie für seine Flucht ebenfalls zu opfern und dem toten Doppelgänger einzustecken, aber er hatte sich dagegen entschieden. Diese Sentimentalität hatte zwar ein hohes Risiko bedeutet, aber letztendlich war es ja gut gegangen und niemand hatte mehr danach gefragt.

Tick-Tack!

Ryker dachte an die erste Begegnung mit Ben und Molly. Er hatte alles eingefädelt, von langer Hand vorbereitete. Dass die beiden seine Pläne dermaßen durchkreuzen würden, hatte er nicht vorhergesehen. Seit sie aufgetaucht waren, war alles misslungen. Sie waren die Ursache, der Grund allen Übels. Die Wurzel seiner Niederlage. Sein Plan, Lord Godfrey zu erpressen war ihretwegen fehlgeschlagen und gescheitert, seine Karriere als Anwalt dahin. Jetzt gab es für ihn nur noch eines: Rache! Rache und grenzenlosen Hass!

Tick-Tack!

Ryker verglich die beiden Zeitmesser. Die Pendeluhr ging schon wieder fast fünf Minuten nach, obwohl er sie erst gestern eingestellt hatte. Sie lief zwar aufgezogen beinahe 3 Tage, zeigte dann aber eine Verfälschung von einer Viertelstunde an. Ohne Korrektur bedeutete das in einer Woche eine so große Verfälschung, dass die Uhr in Rykers Augen auf Dauer eigentlich wertlos war.

Nach dem Tod ihres Gatten hatte die Zimmerwirtin nie eine Korrektur der Zeit vorgenommen, so dass es zur Teestunde 1 Uhr mittags geschlagen hatte, bevor Ryker bei ihr eingezogen war. Und nun schien sich die Dame auch noch Hoffnungen zu machen, der Major, den Ryker nun mimte, könnte ihr Avancen machen. Als Tarnung wäre eine Heirat womöglich gar nicht so schlecht. Wer weiß? Hätte er mehr Zeit gehabt...

Zeit. Das, was ihm nach Geld am meisten fehlte. Genau wie diese Uhr rannte auch er der Zeit hinterher. War das ganze Leben nicht ein Rennen gegen die Zeit?

Ryker schüttelte den Kopf. Er verwarf diese Gedanken. Es ging jetzt darum, den letzten Akt zu planen:

Den Tod der Marian Wallace!

6 Konzerte in Prior Park House

»Sie müssen wissen, Madame, eine weitere Schwangerschaft zum jetzigen Zeitpunkt würde Ihre Karriere beenden. Für immer! Ich habe Ihr Image aufgebaut, die Fassade der Künstlerin Marian Wallace. Als Molly Jenkins waren sie zwar begabt, aber nur mit diesem Alter Ego wurden Sie zur gefeierten Berühmtheit! Vergessen Sie das nicht! Zum Glück leben Sie ja von ihrem Mann zur Zeit zumindest räumlich auf Distanz. Und ich hoffe sehr, Sie sind klug genug, sich nicht auf irgendwelche Buhlschaften einzulassen!«, sagte Thomas Pimble zu Molly. Diese saß in ihrer Garderobe und betrachtete sich in einem kleinen Handspiegel.

Hätte Pimble ihr dabei ins Gesicht gesehen, wäre ihm der kurze Schreck, welcher die Künstlerin bei dieser Aussage Pimbles durchfuhr, sicherlich aufgefallen. Aber der Musikus blickte in diesem Moment auf die vielen Kleider, die in dem Raum hingen. Er ärgerte sich maßlos über das Vermögen, das er dafür verschwendet hatte. Molly hatte angedeutet, über weiteren Nachwuchs mit Ben nachzudenken. Seit gestern war sich sich gewiss, erneut ein Kind unter dem Herzen zu tragen. Sie musste unbedingt herausfinden, wie Pimble darüber dachte. Das Ergebnis fühlte sich niederschmetternd und vernichtend an. Ohne Pimble, ihren Agenten und Auftraggeber, würde ihre Karriere schnell zu Ende sein.

Jemand klopfte an der Türe. Der Gehilfe des Konzertmeisters steckte seinen Kopf herein.

»Miss Wallace, der Hofkapellmeister lässt höflichst fragen, ob Sie nun bereit wären. Er möchte mit dem Konzert beginnen. Mit Verlaub, die Lordschaften und das Publikum werden ungeduldig.«

»Sie kommt gleich! Sagen Sie ihm das!«, gab Pimble mit einem säuerlichen Unterton zurück.

Er hatte diese Spielchen so satt! Als der Diener fort war, richtete er nochmals harte Worte an die Künstlerin:

»Beeilen Sie sich gefälligst! Wenn Sie das hier heute Abend verpatzen, betrachte ich unsere Zusammenarbeit als beendet. Mittlerweile übersteigen Ihre Ansprüche die erwirtschafteten Erträge und Sie sehen meine

Geduld am Ende, Madame!«

Molly war den Tränen nahe. Dieser Mann hatte sie auch nur benutzt. Genau wie dieser schamlose Radnor. Die Männer hatten erreicht, was sie wollten. Nun würde man sie in die tiefste Gosse werfen. Auch Radnor und seine Ehefrau waren unter den Zuhörern. Molly hatte das Gefühl, ihre Knie wären so weich, dass sie nicht einmal aufstehen konnte. Sie blickte in den Spiegel. Marian Wallace sah perfekt aus.

Ihr kam eine Idee. Sie fasste sich ein Herz und in einem zuckersüßen Ton antwortete sie dem Musiker:

»Thomas, Sie haben recht! Ich habe es wohl übertrieben. Ich verzichte heute Abend auf meine Gage zu Ihren Gunsten. Ich habe nur eine Bitte: Ich möchte zu Ehren eines bestimmten Paares unter den Gästen ein ganz bestimmtes Lied zum Repertoire heute Abend hinzufügen. Es ist sogar eines Ihrer Lieblingslieder, lieber Freund: »Scarborough Fair«. Sie erinnern sich? Wir haben es im letzten Herbst einstudiert.«

»Ah, ja?«, antwortete Pimble etwas verwirrt. Damit hatte er nicht gerechnet. So launisch und wechselhaft wie dieses Frauenzimmer auch war, meinte er doch, sie gut manipulieren zu können.

»Nun, das muss ich aber dem Kapellmeister noch ankündigen. Er wird nicht erfreut sein!«

»Mein Lieber, ich singe es ohne Begleitung. Ich möchte niemanden in Verlegenheit bringen.«

»Nun, gut, ich werde es ihm trotzdem mitteilen. Aber nun kommen Sie endlich!«

Molly lächelte. Radnor würde diese Botschaft verstehen. Und hoffentlich auch seine Frau.

»Gleich. Gehen Sie vor, ich bin in einer Minute bei Ihnen!«

Als Pimble gegangen war, nahm Molly verstohlen einen großen Schluck aus dem Steinkrug, der unter dem Schminktisch versteckt war. Nüchtern konnte sie schon seit langem kaum noch die Bühne betreten. Warum hatte sie auch Pimble gesagt, sie überlege, ein zweites Kind mit Ben zu haben? Dass sie bereits in anderen Umständen war, wußte noch niemand. Und Ben war nicht der Vater. Sie musste einen Weg finden, es ihm zu sagen. Oder sollte sie...?

Wie hatte es nur passieren können, dass sie dem Werben Radnors nachgegeben hatte? Marian Wallace schien nicht nur Mollys Künstlername zu sein, manchmal glaubte sie selbst, diese Frau, die ein völlig anderes Leben als das der Molly Jenkins führte, habe Besitz von ihr ergriffen. Als wohnten zwei Seelen in ihr. Nochmals nahm sie einen Schluck vom Gin. Sie sah in den Spiegel. Die hohe, weiß gepuderte Perücke, das blasse

Gesicht mit dem schwarzen Mal auf den Wange. Das wunderschöne, elfenbeinfarbene, goldbestickte Kleid. Sie lächelte.

»Du bist Marian Wallace! Und nun geh' hinaus und begeistere Dein Publikum!«, sagte sie zu ihrem eigenen Spiegelbild.

7 Der unbekannte Verehrer

Marian Wallace musste eine weitere Zugaben geben. Die Leute waren geistert. Noch immer hatte sie es nicht verlernt. Seit einer Woche gab sie nun Konzerte hier in Prior Park House. Und es waren weitere in Planung. Am ersten Abend hatte es ein Feuerwerk gegeben, dass eines Königs würdig gewesen wäre. Das war eine Sensation gewesen. Beim letzten Konzert würde es wieder eines geben. Pimble stand auf einen Gehstock gestützt hinter der Bühne und nickte wohlwollend. Jede Investition musste sich lohnen.

»Ganz famos, meine Liebe. Ich hätte nicht gedacht, dass Sie heute noch so etwas zu Stande bringen würden! Nur zu nahe würde ich an Ihrer Stelle den Leuten heute nicht kommen. Man könnte Ihre Schnapsfahne riechen!«, sagte Pimble mit leicht spöttischen Unterton.

»Reden Sie keinen Blödsinn, Thomas! Ein kleiner Schluck gegen das Lampenfieber hat noch niemandem geschadet! Und Sie, was haben Sie da? Einen neuen Spazierstock? Was ist das denn für ein extravaganter Griff?«, lenkte Molly ab. Sie hatte sich heute tatsächlich sehr mit dem Alkohol zurückgehalten. Schließlich wollte sie heute Abend noch einen gewissen Herren treffen.

»Ein Geschenk von einem Ihrer Verehrer. Denkt wohl, wenn er sich mit mir gut stellt, hätte er größere Chancen bei Ihnen. Lächerlich! Aber der Stock gefällt mir. Sehen Sie mal, ein Entenkopf als Griff!«

Molly riss erschrocken die Augen auf.

»Wo ist der Mann? Wie sah er aus?«, fragte sie leicht irritiert.

»Hm? Oh, er ist schon weg. War ein Major oder so. Infanterie, glaube ich. Nun, ich bin kein Militärexperte. Roter Rock Landarmee und blauer Rock Marine, oder? Egal. Schon etwas älter, der Mann, nicht sehr groß. Sehr höflich. Etwas viel Puder im Gesicht, würde ich sagen. Naja, wer's mag...«

Molly sah sich ängstlich um. Jetzt wäre es gut gewesen, wenn Hobbs, ihr alter Diener und Leibwächter da gewesen wäre. Aber auch ihn hatte sie schon vor langer Zeit im Zorn entlassen. Ein Spazierstock mit

Entenkopf, ganz so wie der von Ryker! Molly kannte ihn von Bens Erzählungen. Doch wie konnte das sein? Ryker war doch tot. Vor Wochen im Kerker gestorben, bevor man ihn hatte hängen können. So war es ein einem von Bens Briefen gestanden. Das musste ein Zufall sein. Hätte sie diesen Major gesehen, gäbe es wahrscheinlich keinen Grund, sich zu fürchten.

»Thomas, sollte sich der Herr nochmals bei Ihnen melden, richten Sie ihm doch bitte aus, dass ich ihn gerne kennenlernen möchte. Er scheint einen gewissen extravaganten Stil zu haben, was mir gut gefällt.«, sagte sie nach einigem Zögern. Sie brauchte Gewissheit, auch wenn es gefährlich sein konnte.

»Sehr gerne, Teuerste. Doch nun gehen Sie wieder raus, die Leute wollen Sie nocheinmal sehen!«, sagte Pimble mit gespielter Höflichkeit.

Es fiel Molly schwer, die Zugaben zu geben. Ryker ging ihr nicht mehr aus dem Kopf. Die ganze Zeit suchte sie während des Singens im Publikum nach dem beschriebenen Offizier. Es waren in der Tat einige Rotröcke unter den Zuhörern, aber Molly konnte wegen der schlechten Beleuchtung niemanden richtig erkennen. Das verunsicherte sie noch mehr. Mehrmals vergaß sie den Text, brach mitten im Gesang ab. Diese Fehler zu kaschieren oder zu überspielen gelang ihr nicht, sie war keine gute Schauspielerin. Da! War das Ryker? Ein kleinerer, etwas rundlicher Offizier stand im hinteren Teil des Saales und applaudierte. Er fiel Molly nur auf, weil kaum jemand anderes noch klatschte. Der Mann drehte sich schließlich um und ging. Molly brach das Konzert ab, verneigte sich und verließ schnell die Bühne. Schon während der ersten Fehler hatten die ersten Leute im Publikum begonnen, sich von ihren Plätzen zu erheben und zu zerstreuen. Genau so schnell wie man sie hochgejubelt hatte, ließ man sie nun fallen.

»Ich habe es Ihnen prophezeit, Teuerste! Das Publikum verzeiht nichts! Ihr Stern sinkt, oder... vielmehr, er fällt!«, raunte ihr Pimble hinter der Bühne zu.

Kurz darauf beschwerte sich auch der Kapellmeister bei Pimble, dass Miss Wallace weder im Takt, noch in der richtigen Tonlage gesungen habe. Ganz zu schweigen von der peinlichen Zugabe. Noch einmal würde er einen solchen Affront nicht dulden. Am Morgen müsse sie pünktlich zu den Proben erscheinen, ansonsten würde er sich gezwungen sehen, vom Vertrag zurückzutreten.

Pimble versprach ihm, dafür zu sorgen. Er musste unbedingt dafür sorgen, dass die Wallace durchhielt. Es drohten ihm enorme Verluste. Insgeheim sah er sich bereits nach anderen Talenten um, bisher allerdings ohne Erfolg. Er hatte gehofft, dass er Marian Wallace nahtlos durch eine andere Sängerin ersetzen könne. So musste er sie nun wohl oder übel bei Laune halten. Er musste unbedingt eine Person finden, der sie Tag und Nacht überwachte. Nichts durfte jetzt dem Zufall überlassen werden.

Molly lief zu ihrer Garderobe. Ihre Dienerin musste ihr beim Abschminken und Umziehen helfen. Nach nur einer Viertelstunde verließ die Sängerin das Gebäude durch einen Seitenausgang und stieg in eine Droschke, die auf sie wartete. Sie trug nun ein grünes Kleid, einen passenden Hut und einen schwarzen Schleier. Niemand erkannte in ihr Marian Wallace.

8 Emily und Ben

Emily wachte neben Ben auf. Es war bereits morgen und erstes Tageslicht erhellte die Kammer. In der Stube nebenan schlief Rosie. Bald würde auch sie aufwachen. Emily sah Ben lange an, beobachtete,wie sich sein Brustkorb regelmäßig hob und senkte. So friedlich und unbeschwert sah das aus. Er atmete ruhig und gleichmäßig

Endlich hatte er seinen Widerstand aufgegeben und sich ihrer Liebe ergeben. Seit dieser Nacht gehörte Ben nur noch zu ihr. Und sie zu ihm. Auf ewig. Sie war am Ziel.

Molly würde sie beide dafür hassen.

Emily schlüpfte aus dem Bett und zog so leise sie konnte, ihre Unterwäsche an. Dann nahm sie Strümpfe, Schuhe und Kleid und schlich aus dem Zimmer. Im Wohnzimmer legte sie rasch ihre Kleider an und versuchte, ihr Haar zu richten. Da es zerzaust war, setzte sie die Haube auf und stopfte die widerborstigen Strähnen darunter.

Kaum war sie fertig, klopfte jemand an die Türe. Emily erschrak. Sie wollte auf keinen Fall, dass sie jemand hier kompromittierte. So leise es ging schlich sie nur mit Strümpfen an den Füssen über die verräterisch knarzenden Dielen zurück ins Schlafzimmer. Wieder klopfte es und dazu rief die Hausherrin Bens Namen.

»Mister Jenkins! Wachen Sie auf! Hier ist ein Bote für Sie!«

Emily rüttelte Ben wach.

»Was..?«, sagte dieser schlaftrunken. Doch die junge Frau hielt ihm den Zeigefinger auf den Mund und bedeutete ihm, still zu sein.

Wieder hämmerte es an der Türe. Diesmal sehr vehement. Rosie wachte auf und begann zu weinen.

Bens Gehirn kam langsam auf Touren und er stand auf. Emily versteckte sich hinter der Schlafzimmertüre. Ben rief Mrs. Lovell zu, dass er gleich kommen würde, ging zu Rosies Kinderbett und nahm sie heraus. Doch da er nichts anhatte, stellte er sie gleich wieder auf den Boden. Rosie brüllte nun erst richtig, was bei dem jungen Vater für noch mehr Konfusion sorgte. Er rannte zurück ins Schlafzimmer, um seine Hose zu holen, Emily hielt sie ihm hinter der Türe hin, nicht ohne sich ein Kichern verkneifen zu müssen. Ben packte die

Breeches, griff noch nach seinem Hemd, das auf dem Boden lag, warf dieses um die Schulter und versuchte hüpfend in die Hose zu steigen.

Währenddessen hämmerte die Hausfrau weiter an die Türe.

»Mister Jenkins, lassen Sie sich ruhig Zeit, ich habe ja nichts anderes zu tun!«, rief die Dame mit zynischem Unterton.

Ben war inzwischen in das Hemd geschlüpft, hob das schreiende Kind hoch und ging mit Rosie im Arm zur Wohnungstüre.

»Mrs. Lovell! Guten Morgen! Was verschafft mir die Ehre?«, fragte er bemüht freundlich.

Die Hausherrin versuchte, um Ben herum einen Blick ins Zimmer zu werfen und sah einen zierlichen Damenschuh auf dem Boden liegen.

»Nun, unten wartet ein Mann auf Sie. Er sagt, er käme aus Bath und hätte eine Botschaft für Sie«, sagte sie wie nebenbei, »Sagen Sie, sind Sie nicht alleine?«

»Nein«, sagte Ben, »wie Sie sehen, ist auch Rosie hier. Sie haben sie übrigens geweckt!«

Rosie sah Mrs Lovell mit roten Backen und verweinten Augen an. Sie war bei ihrem Anblick still geworden, denn sie fürchtete sich vor der massigen Frau.

»Hrmpf!«, schnaubte Mrs Lovell, drehte sich um

und stieg schwerfällig die Treppe wieder hinunter.

Rosie sah mit großen feuchten Augen und zusammengepressten Lippen Ben an. Ben grinste.

»Bitten Sie den Herren doch herauf, wenn Sie die Freundlichkeit hätten, Ich kann jetzt mit dem Kind nicht hinunter, wie Sie sehen!«, rief Ben ihr hinterher. Er ließ die Türe offen und ging zurück in die Stube. Als er Emilys Schuhe auf dem Boden sah, erschrak er.

»Sie weiß Bescheid. Du hast Deine Schuhe hier liegen lassen«, flüsterte Ben Emily zu, die aus dem Schlafzimmer hervorlugte.

»Ach, Ben! Sag' doch einfach, Rosie hätte mit Mollys Schuhen gespielt. Sie wird mich hier nicht...«

Sie wurde durch schwere Schritte auf der Treppe unterbrochen und zog sich schnell in die Kammer zurück.

Ein Mann in Reitmantel und Stiefel mit einem Dreispitz auf dem Kopf stand in der Türe.

»Mister Jenkins? Guten Morgen, Sir! Mein Name ist James Fillbings. Ich habe hier einen Brief für Sie.«, sagte er im typischen Londoner Dialekt.

»Nun, das ist sehr schön, aber hätten Sie ihn nicht einfach Mrs. Lovell geben können? Ich hatte eine lange Nacht, und das Kind hat noch geschlafen.«

Der Bote blickte auf die Damenschuhe und auf Rosie.

»Ich weiß ja nicht...«, wollte er beginnen, besann sich aber dann seines Auftrages und übergab Ben ein versiegeltes Schreiben.

»An Sie direkt, lautete die Order, Sir. Daran habe ich mich gehalten.«

Ben sah ihn an. Natürlich, der Mann wollte eine Entlohnung. Er kramte in seinen Hosentaschen und zog ein paar Münzen hervor.

»Hier, für einen guten Schluck«, sagte er.

Der Bote tippte an seinen Hut und wandte sich zum gehen.

»Sie erreichen mich bis morgen im »Drakes«, falls Sie mich suchen, Sir«, sagte er beim Hinausgehen.

Ben verschloss die Türe hinter dem Mann. Er wollte sofort ungeduldig das Siegel erbrechen, doch nun begann Rosie zu quengeln.

»Dada! Milchi tinken!«, tat sie lautstark ihren Willen kund. Emily kam herein und nahm sich ihrer an. Ben öffnete die Post und begann zu lesen.:

»Liebster Ben,

Ich bitte Dich, schnellstens hierher zu kommen. Ich glaube, ich sehe Gespenster! Schon mehrmals gab es Hinweise auf einen Mann, der mich zu verfolgen scheint, mir selbst ist er aber noch nicht unter die Augen gekommen. Ich glaube, es ist Ryker! Der Mann hat Pimble einen Spazierstock geschenkt der als Griff einen Entenkopf hat. Er hat sich als ein Major der Infanterie ausgegeben, die Beschreibung passt ebenfalls auf Ryker. Es muss ein Geist sein. Du hast Doch geschrieben, dass Ryker tot und begraben sei! Ich fürchte seine Rache, ich glaube Rykers Geist will mich holen! Du musst mich retten! Ich habe große Angst und weiß mir keinen Rat! Der Bote weiß, wo man mich finden kann. Ich vertraue ihm. Frag ihn nach dem Weg.

Deine Molly«

Ben war entsetzt. Noch schneller als befürchtet, meldete sich Molly in seinem Leben zurück. Noch dazu in verzweifelter Lage. Ben besah sich die Schrift, er meinte Mollys Handschrift zu erkennen. Schreiben war für seine Ehefrau eine ziemlich ungeübte, spät erlernte Fähigkeit. Er kratzte sich am Kopf. Was sollte er tun? Der Bote hielt sich im »Drakes« auf, einer Kneipe ganz in der Nähe. Ben musste zu ihm. Aber er musste auch vieles für so eine Reise vorbereiten. Ein Pferd, ein paar Gepäckstücke, Waffen. Würde ihm Collins freistellen? Hätte er doch nur nicht Emilys Werben nachgegeben!

Und was für eine seltsame Nachricht! Hatten ihre letzten Briefe von einer gewissen Gleichgültigkeit ihm und Rosie gegenüber gezeugt, so war dies ein eindeutiger Hilferuf, wenngleich Ben nicht verstand, wie sie darauf kam, dass Rykers Geist sich an ihr rächen wolle. Ben wußte, dass Molly in letzter Zeit sehr viel trank, und er wußte auch, dass Trinker zu Wahnvorstellungen neigten. Doch konnte es wirklich sein, dass Molly schon so tief gesunken war?

Er musste zu ihr. Was sollte er Emily sagen?

»Was steht in dem Brief? Was ist so wichtig, dass es mit einem Boten hierher geschickt werden musste?«, fragte diese, während sie Rosie in Milch eingeweichtes Brot zu essen gab.

Ben sah sie nur an.

»Von Molly?«, bohrte sie weiter.

»Ja!«,antwortete Ben, »Ich muss nach Bath!«

»Wieso das? Du und Rosie wart ihr die letzten Monate doch herzlich egal! Sie hat in ihrem letzten Brief nicht einmal nach Rosie gefragt!«

Kaum hatte Emily das ausgesprochen, biss sie sich au die Zunge.

»Woher...? Du liest meine Post? Was soll das, Emily?«

»Was das soll, Ben Jenkins? Sie lebt ihr eigenes Leben. Sie liebt weder Dich, noch ihr eigenes Kind! Aber ich, Liebster, ich bin immer für euch da!«

Ben zerriss es das Herz. Sie hatte recht. Trotzdem, Mollys Veränderung war ihm immer noch ein Rätsel.

Wie hatte sie sich nur von ihrer Familie abwenden können? Nach all der Zeit und den vielen Erlebnissen mit ihm in Irland, Amerika, Schottland und England? Als hätte sich eine böse Krankheit in ihr Herz geschlichen. Ben musste zu ihr und reinen Tisch machen!

Doch nun galt es, zu klären, wo Rosie die nächsten Tage bleiben konnte. Dazu musste er sofort Collins aufsuchen. Emily würde sicherlich für Rosie sorgen, doch er wußte noch nicht, ob er es über das Herz bringen würde, Molly endgültig zu verlassen.

Aber wie so oft, nahmen andere das Heft des Handelns vor ihm in die Hand.

»Ben, Du musst zu ihr, und ihr reinen Wein einschenken. Erzähle ihr von uns! Sie hat ein Recht darauf. Alles andere wäre verlogen!«

»Ich weiß, Emily. Ich werde genau das machen. Bitte bleibe Du hier bei Rosie. Ich werde Deinen Vater um Urlaub bitten.«

«Das dauert womöglich zu lange. Schreibe ihm eine Nachricht, dazu den Brief von Molly. Alles andere werde ich ihm erklären. Ich glaube, er ahnt schon lange, dass wir uns lieben!«

Ben nickte. Collins war ein äusserst kluger Ermittler. Er war sicherlich im Bilde. Gunners, der Leibwächter Emilys, den er beauftragt hatte, trug ihm bestimmt jede Kleinigkeit über den Verbleib seiner Tochter zu.

Der junge Polizist nahm Papier, Feder und Tinte und begann zu schreiben. Er beschrieb die Ängste von Molly, die theoretische Möglichkeit, dass Ryker doch noch leben könnte und die Gefahren, die dadurch für sie entstanden.

Emily staunte über sie Geschwindigkeit, mit der Ben schreiben konnte. Binnen weniger Minuten war das Blatt voll. Rosie tauchte in einem unbeobachteten Moment ihren Zeigefinger in das Tintenfass und leckte ihn ab. Dann drückte sie ihn auf das Papier.

»Rosie! Nein, was tust Du?«, schimpfte Emily und nahm schnell ein Küchentuch und versuchte die Tinte von Rosies Mund und Lippen zu entfernen.

Rosie lachte und streckte die Zunge heraus. Dabei schielte sie auf ihre Zungenspitze und fand die Färbung faszinierend. Ben musste auch grinsen. Als er auf das Blatt sah, erkannte er ihren Fingerabdruck, sah die feinen Linien darin. Er steckte den Finger ebenfalls in das Tintengefäß und machte Abdrücke neben die Schrift. Die ersten waren nur dunkelblaue Flecken, doch schließlich begannen sich auch bei seinen Abdrücken die feinen Hautlinien abzuzeichnen.

»Hm. Das ist ja sehr interessant. Hast Du gesehen, Emily?«

»Ja, wie der Vater so die Tochter. Habt ihr beide jetzt genug gekleckert? So eine Schweinerei!«

Wieder wurden sie von einem Klopfen unterbrochen. Diesmal war es Gunners, der wie besprochen Miss Emily abholen wollte.

»Ah, Mr. Gunners! Das trifft sich gut. Ich habe hier eine Nachricht für Mr. Collins. Sie müssen sie umgehend überbringen.«

Gunners sah etwas verdutzt drein.

»Sir, ich habe die Order, Miss Emily nach Hause zu bringen. Und Sie sollen ins Büro, mit Verlaub.«

»Es gibt eine Planänderung! Miss Emily bleibt hier bei Rosie! Ich muss nach Bath. Und zwar so schnell wie möglich.«

9 Die Tote im Bach

Ben lag auf dem Boden im nassen Gras, sein Kopf dröhnte. Er öffnete die Augen und überlegte, ob er tot sei. Wo war er hier? Vorsichtig bewegte er zunächst die Hände und Beine. Dann versuchte er, auf Hände und Knie zu kommen. Das Hämmern in seinem Kopf wurde noch vehementer. Sein Hut lag neben ihm auf der Erde. Nur langsam nahm er die Umgebung wahr. Eine Wiese, neben ihm Bäume und Sträucher. Da fiel es ihm wieder ein. Der Brief! Er sollte Molly treffen. Eine Kutsche, die Fahrt hierher. Mollys Gesicht. Aus. Keine weitere Erinnerung. Ben setzte sich unter Schmerzen auf. Er durchsuchte seine Taschen. Kein Brief, kein Geld. Nichts.

Ben spürte, wie seine Kleidung vom Liegen im nassen Gras durchweicht war. Wie lange hatte er hier gelegen?

Er fasste sich an den schmerzenden Hinterkopf. Seine Hand würde dadurch blutig. Ben starrte sie gebannt an. Er war niedergeschlagen worden. Aber von wem? Von Molly? Das konnte nicht sein!

Es musste schon später Nachmittag sein. Aber welcher Tag? Wo genau war er'? Ben sah sich erneut um. Nun sah er, dass die Büsche und niederen Bäume einen Bach- oder Flusslauf verbargen. Er hörte das leise Murmeln einer Wasserströmung. War das der Avon?

Neben sich sah er niedergetretenes Gras, scheinbar von Pferden und Menschen. Daneben eine Wagenspur. Ein paar Spuren führen in Richtung des Gewässers. Man konnte sie im matschigen Untergrund gut erkennen. Ben folgte der Spur. Doch er rutschte aus. Kriechend und von Schlamm beschmutzt folgte er weiter der Fährte. Es waren zwei Spuren. Die Abdrücke schwerer Stiefel und die kleinen, zierlichen einer Frau.

Schließlich endeten die Spuren im Wasser. Für den Avon war dieser Bach zu klein. Wie in Trance suchte Ben das Wasser ab, er konnte aber nichts erkennen. Einige Schritte weiter sah er, dass die schweren Spuren das Bachbett wieder verließen. Er folgte ihnen.

Hinter einer kleinen Biegung schienen die Spuren darauf hinzudeuten, dass die Person hier etwas verweilt haben musste. Überall wuchsen hier Anemonen und Heckenrosen, Lilien und andere blühende Pflanzen. Ben sah sich um. Dann fiel sein Blick durch das

Dickicht auf das Wasser. Der Bach hatte hier eine Kehre gebildet, in der es kaum Strömung gab. Ben erkannte zuerst ein helles Kleid, dann Mollys Gesicht, das mit starrem Blick in den Himmel zu schauen schien. Auf ihren leblosen Körper hatte scheinbar jemand Blumen geworfen. Sie trieb seltsam hoch auf dem Wasser, was wohl an den Luftblasen in ihrem Kleid lag.

Ohne nachzudenken sprang Ben in das Dickicht welches ihn vom Bach trennte und zerriss sich die Kleidung an den Heckenrosen. Mit aller Kraft überwand er den Widerstand der Pflanzen und stürzte zu Molly ins Wasser. Dabei schrie er ihren Namen:

»Molly! Nein!«

Benjamin versuchte, sie ans Ufer zu zerren, rutschte und stolperte dabei, ging sogar unter. Das vollgesogene Kleid schien Tonnen zu wiegen. Ausserdem war das Ufer hier dicht bewachsen und steil. Ben arbeitete verzweifelt. Tränen schossen ihm ins Gesicht. Schließlich hatte er ihren Leichnam an eine Stelle geschleppt, wo es seichter war und er sie herausziehen konnte. Immernoch hingen Blumen in ihrem Kleid. Ben fiel neben ihr auf die Knie und japste nach Luft. Diese Stelle am Bach sah wie eine Viehtränke aus. Mit letzter Kraft zog Ben Molly vom Ufer die schlammige Böschung hinauf bis zur Weide. Oben schüttelte er sie, als wollte er sie wachrütteln. Dann drückte er sie wieder an sich, als könnte er so seinen Herzschlag auf sie übertragen. Schließlich ließ sie er sie los und setzte sich neben die Tote ins Gras. Er war durch und durch nass und zitterte. Tränen rannen ihm über das Gesicht. Er brüllte in die nachmittägliche Stille. Ben war unfähig, irgendetwas zu tun.

Alles in ihm schien zerbrochen zu sein. Er war doch gekommen, um seine Ehe zu retten, hatte sich für Molly entschieden, egal, was Emily gesagt oder getan hatte. Nur seinem Herzen und Gewissen hatte er folgen wollen. Seine Liebe, seine Familie retten.

Wieviel Zeit nun vergangen war, konnte er nicht einschätzen. Ihm war schwindlig und übel. Sein Kopf schien platzen zu wollen.

Dennoch rasten seine Gedanken. Was nun? Alles dahin! Molly war tot. Aber wieso? Was war geschehen? Ben versuchte sich zu erinnern. Ben sah sich in einer Kutsche nach Bath eilen, weil ihm Molly geschrieben und um Hilfe gebeten hatte. Sie habe einen Geist gesehen, hatte sie geschrieben und dass er dringend kommen müsse, um ihr beizustehen. Wer dieser Geist sein solle, hatte ihr Brief nicht preisgegeben. Sie habe Angst gehabt, man könne sie für verrückt erklären.

Der Brief! Ben durchsuchte seine Taschen. Er war

verschwunden. Der Angreifer musste ihn mitsamt all seiner Wertsachen mitgenommen haben. Auch sein Geldgürtel, den er unter dem Bund seiner Breeches trug, war verschwunden. Benjamin hatte darin immer eine eiserne Reserve von fünf Pfund in Gold mit sich getragen, wenn er auf Reisen war. Alles war weg. Doch, nein! Hatte er den Brief nicht an Collins weitergeschickt, weil er ein Hinweis auf Ryker sein konnte? Bens Gedanken wurden immer wirrer.

Was sollte er jetzt tun? Wohin konnte er sich wenden? Bis London war es weit, nur dort hätte sein Vorgesetzter Adam Collins sofort eine Untersuchung einleiten können, die dann vielleicht zum Mörder geführt hätte. Denn eines war Ben klar: Molly war ermordet worden. Und er sollte als der Mörder gelten. Der untreue Ehemann, der aus London kommt und seine Frau ertränkt, um sich ihrer zu entledigen. In Bens Kopf wurden die wirren Gedanken zu einer vagen Theorie. Würde der Mörder nun jemanden schicken, der die Leiche von Marian Wallache alias Molly Jenkins und am besten den vermeintlichen Mörder Benjamin entdeckte?

Genau damit würde er sich verraten. Denn nur der Mörder kannte diesen Tatort. Woher sollte sonst jemand wissen wo sie sich befanden?

Da sah Ben einige Kühe über die Weide auf ihn zukommen. Sie wurden scheinbar zum Wasser getrieben, um dort getränkt zu werden. Die Stelle war bestens dafür geeignet. Ein Junge von etwa zehn Jahren trieb pfeifend die Tiere vor sich her. Er hatte auch einen Hütehund dabei, dieser bemerkte Ben zuerst. Wild bellend stürmte er auf ihn zu.

Ben rappelte sich auf. Wenn der Hund ihn angriff, blieb nur die Flucht.

»Ruf' den Hund zurück, Junge!« schrie er. Der Junge hatte bisher scheinbar noch nicht sehen können, was im Gras neben dem Mann lag. Aber er hielt den Hund nicht zurück.

»Was machen Sie da, Sir?« rief er herüber und blieb auf Abstand.

»Der Hund!«, rief Ben abermals.

»Der tut nichts, solange Sie die Kühe in Ruhe lassen! Sind Sie ins Wasser gefallen?«, fragte der Junge und kam vorsichtig näher.

Als er die Leiche sah, erschrak er.

»Oh, mein Gott! Ist..., ist sie tot?«

»Ja. Ich habe sie aus dem Wasser gezogen. Leider kam ich zu spät!«, sagte Ben langsam. Sein Kopf dröhnte und rauschte, er konnte kaum klar denken.

»Und wieso ist sie hineingegangen? Es ist doch hier

gar nicht tief genug, um zu ertrinken.«, sagte der Junge, der scheinbar einen wachen Verstand besaß.

»Ich weiß es nicht. Ich habe nur versucht, sie zu retten.«, sagte Ben und begann zu weinen.

»Das tut mir leid. Sie ist..., war sehr schön, Sir. Aber, Sie sind ja völlig nass, Sir! Sie müssen die nassen Sachen ausziehen, sonst erkälten Sie sich. Meine Mama sagt immer, dass es sehr ungesund ist, in nassen Sachen herumzulaufen.«

Ben nickte. Dieser Junge musste ihm helfen.

»Wie weit ist es zu Eurem Hof? Jemand muss dringend Hilfe holen.«

»Etwa eine Meile. In die Richtung, Sir!«, sagte der Kuhhirte und zeigte nach Osten.

»Hol Hilfe, bitte! Ich kann sie hier nicht so liegen lassen!«

»Wie soll das gehen? Ich habe die Kühe keine Sekunde aus den Augen zu lassen. Sonst gibt's Prügel. Sie müssen schon selber gehen!«

Ben schluckte. Er konnte diesen Kerl nicht zwingen.

»Gut. Kannst Du sie bewachen?«

»Ich? Wieso ich? Was hab ich davon? Ich meine, sie wird wohl kaum weglaufen, oder?«, sagte der Junge empört. Trotz seiner jungen Jahre hatte er schon oft Tote gesehen und empfand sie nicht als abschreckend.

Doch umsonst wollte er hier nicht bei einer Fremden Totenwache halten. Er überlegte kurz.

»Fünf Pennies!«

Ben zuckte zusammen. Musste man in dieser verdammten Welt für alles bezahlen? Sogar für Menschlichkeit? Er konnte jetzt doch nicht weggehen und Molly alleine lassen. Und Molly bis zum Bauernhof tragen? Unmöglich.

»Gut. Ich gebe Dir das Geld, sobald ich Hilfe bekommen habe. Bleib aber unbedingt hier, bis jemand kommt. Ich will nicht, dass die wilden Tiere über sie herfallen.«

»Geht in Ordnung, Sir! Kennen Sie die Frau?«

Ben sah ihn an.

»Ja. Sie heißt Marian Wallace.«

Ben wunderte sich selbst, dass er Molly so nannte.

»Und Sie, Sir? Wie heißen Sie?«

»Ben. Und Du?«

»Alfred.«

»Pass gut auf sie auf, Alfred! Ich beeile mich.«

»Ist gut, Ben.«

Benjamin ging los. Zunächst zögerlich, als hielte ihn dieser Ort magnetisch gefangen. Er drehte sich noch mehrmals um. Er würde sie nie wieder sehen. Sein Herz klopfte bis zum Hals, sein Kopf schmerzte schrecklich. Doch immer schneller ging sein Schritt, bis er lief. Wenn er sich beeilte, würde er auch bald zurück sein. Mehrere Male rutschte er aus und fiel hin. Doch wie besessen sprang er jedes Mal auf und rannte weiter. In seinen hämmernden Kopf schossen Erinnerungen aus den letzten vier Jahren. Das erste Kennenlernen der beiden in Dublin, Molly im Gefängnis. Ihr vorgetäuschtes Fieber und die Flucht nach Amerika. Die Fehlgeburt, aber auch die glücklichen Tage auf Payton Plantation in Virginia. Ihre Rückkehr und der Neubeginn in Schottland, die Geburt von Rosie. Mollys erste Erfolge als Sängerin. Das Duell mit Bonham, ihre Trennung. Dann ihr Hilferuf in Form eines Briefes. Und nun dieses Ende? Wer war der Mann mit der Kutsche? Wer hatte ihr das angetan?

Ben kam zu dem Gehöft. Er musste jetzt eine Entscheidung treffen. Hilfe holen oder fliehen? Dass er verdächtig werden würde, lag auf der Hand.

Ein paar Bauernburschen kamen ihm entgegen. Sie waren barfuß und sehr schmutzig. Er rief sie an und bat um Hilfe. Nachdem er ihnen von Alfred erzählt hatte, machten sich drei von ihnen sofort auf den Weg zur Viehtränke am Midford Brook, wie der Bach hieß. Ben war also mit seiner Vermutung, dass es sich nicht um den Fluss Avon handelte, richtig gelegen. Ein weiterer junger Kerl nahm ihn unter die Arme und brachte ihn zum Wohnhaus. Neben dem Haus flatterte Wäsche an der Leine, die aber nicht besonders sauber schien. Überall waren Kinder, die in abgerissenen Kleidern im Schmutz spielten.

Die Frau des Bauern war nicht begeistert, als man ihr den nassen und verdreckten Mann in die Stube schleppte, doch sie half ihm aus den nassen Sachen, gab Ben eine Decke und bot ihm einen Platz am Herdfeuer an.

»Madame, können Sie mir ein paar trockene Sachen zum Anziehen geben? Ich muss zurück!«

»Sie bleiben hier! Glauben Sie, ich verschenke Kleider? So wie Sie erzählten, wird es die Frau nicht lebendig machen, wenn sie zurückrennen. Ausserdem sind Sie verletzt. Ihr Kopf blutet, Sir.«, sagte die Frau ruhig aber bestimmt. Er schätzte sie auf etwa Mitte Dreißig, ihre Gesichtszüge hatten aber bereits tiefe Falten. Ihre Hände waren rau und rissig, Ben wußte, dass Bäuerinnen von Morgens bis Abends schwer arbeiteten, um ihre Familien durchzubringen. Diese Familie hier schien allerdings etwas wohlhabender, das Land hier gehörte ihnen. Sie trug einfache, grobe Leinenkleidung, robust und fest gewebt. Ihre etwas rundliche Gestalt verriet, dass sie schwanger war.

»Madame, bitte, ich muss zurück zu meiner Frau. Auch wir haben ein Kind, dass ich nun alleine versorgen muss. Ich bezahle Sie, sobald ich wieder zu Hause bin. Ich kann Ihnen eine Schuldschein ausstellen. Auch Alfred habe ich fünf Pennies versprochen. Sie können mir vertrauen! Ich arbeite in London bei der Polizei.«

»Schöne Worte, Sir!«, sagte die Frau zögerlich, »Warten Sie, bis Ihre Kleider trocken sind. Mein Mann soll dass entscheiden. Er kommt bald von der Feldarbeit. Ich vertraue niemandem!«, sagte die Frau nur und legte Torf nach. Das Feuer loderte hoch und es verbreitete sich noch mehr Qualm in der Stube. Dann hantierte sie wieder auf dem groben Küchenbuffet mit irgendwelchen Kräutern. Wie in den meisten Häusern der Bauern brannte auch hier mitten im Raum ein Herdfeuer in einer Mulde im Boden aus gestampftem Lehm. Der Rauch zog durch ein Loch im Dach ab. So konnte Ben von seinem Platz aus nach oben in den Himmel sehen. Gekocht wurde mit einem eisernen Kessel, der mit einer Kette über dem Feuer hing. Diese wiederum war an einem rußgeschwärzten Balken aufgehängt, der auf den Außenmauern ruhte. An diesem hingen auch Bens Kleider zum Trocknen.

Aber Ben saß immerhin auf einem Stuhl, der einigermaßen bequem war. Trotz des Rauchs hier in der

Stube brannten seine Augen nicht.

Die Bäuerin gab ihm eine Tasse mit einem Tee, den sie aus den Kräutern gebraut hatte. Ben roch zunächst vorsichtig daran.

»Nun trinken Sie schon. Das hilft gegen den Brummschädel. Ich hab schon nicht vor, Sie zu vergiften«, sagte die Frau mit einem Grinsen.

Da ging die Türe auf und Alfred kam herein.

»Alfred! Was machst Du hier? Du sollst doch die Kühe an der Tränke hüten?«, sagte die Frau streng.

»Ich musste den Jungs helfen, die Frau herzubringen. Du musst sie Dir ansehen! Sie ist wunderschön. Wie eine Prinzessin!«

»Was? Ihr habt mir die Tote auf den Hof gebracht? Seid Ihr verrückt? Das bring Unglück!«, rief die Bauersfrau, die offensichtlich auch Alfreds Mutter war, aufgebracht. Ben sprang auf und lief mit der Decke um den Leib hinaus.

In diesem Moment kamen auch die anderen Söhne und Töchter mit dem Vater vom Feld nach Hause.

Molly lag auf einem flachen Handkarren aufgebahrt, der mitten im Hof des kleinen Landwirtschaftsbetriebes stand. Ben erinnerte das Gefährt sofort an den Wagen, den Molly einst mit Muscheln beladen durch Dublin geschoben hatte. Das Haar klebte ihr nass und strähnig am Kopf und im blassen Gesicht, ihr Blick war starr in den Himmel gerichtet. Noch immer hingen Blumen im weißen Kleid. Sie sah aus wie eine Braut.

Um sie herum standen die Bauern und das Gesinde mit traurigen Gesichtern. Einige zogen ihre Mützen vom Kopf und begannen zu beten.

Als der Bauer Ben sah, runzelte er die Stirn, denn schließlich kam es nicht alle Tage vor, dass ein fremder Mann nur in Decken gehüllt neben seiner Ehefrau vor ihm stand. Doch der Mann schien sehr besonnen und fragte immer erst nach den Hintergründen, bevor er etwas entschied.

Mit wenigen Worten erklärte Ben, was geschehen war.

»Wenn Sie die Wahrheit sagen, Sir, dann sollten Sie so schnell wie möglich zum Richter nach Bath, Sir! Hier in Monkton Combe gibt es keinen. Ich kann ihnen zwei meiner Jungs mitschicken, die auch ihre Frau transportieren. Der Handkarren muss allerdings genügen, unser Pferd lahmt. Mehr kann ich nicht für Sie tun.«

»Ich danke Ihnen. Ich werde mich erkenntlich zeigen, das verspreche ich. Ich habe Ihrer Frau bereits einen Schuldschein zugesagt.«

»Sie bekommen trockene Kleider. Holen Sie Ihre eigenen Sachen sobald als möglich wieder ab, dann können Sie Ihre Schuld begleichen. Hier kann niemand lesen. Ein Schuldschein ist für uns nichts wert.«

Ben nickte. Er wußte, die Menschen hier lebten von dem, was sie dem Boden abtrotzten. Zudem gab es hier Kohlenminen und Steinbrüche, die viele Menschen beschäftigten. Der Bath-Stone war berühmt. Hinzu kamen die vielen betuchten Sommergäste, die ebenfalls versorgt werden mussten und zumindest während der Saison viele Bedienstete brauchten. Die Farmer der Gegend konnten ihre Erzeugnisse also gut verkaufen, durch die viele Arbeit gab es einen gewissen Wohlstand. Wer hier etwas Land besaß, konnte mit Fleiß ein gutes Auskommen erwirtschaften, wenn er von Naturkatastrophen verschont blieb, während andernorts die Kleinbauern völlig verarmten und sich als Pächter von Großgrundbesitzern verdingen mussten.

Nur wenig später waren sie unterwegs. Wie bei einer kleinen Prozession sah Ben sich und die beiden Farmersöhne sich langsam durch die sommerliche Landschaft entlang der Steinmauern und Hecken bewegen, die sich neben den Wegen entlangschlängelten. Jedes Grundstück war hier mit einer Steinmauer eingefriedet, seit Jahrhunderten wurden diese Mauern immer länger und mehr. Oft waren die Parzellen so klein, dass

eine sinnvolle, effiziente Landwirtschaft nicht mehr möglich war. Vieles erinnerte Ben hier an die Landschaft
Irlands. Es wurde am Nachmittag sehr warm und Bens
Kopf schmerzte mehr und mehr. Eigentlich hätte er eine Pause gebraucht, aber seine Begleiter drängten zur
Eile, schließlich wollten sie auch wieder zurück. Der
Leichnam war in ein Tuch gewickelt und mit Seilen
auf der Ladefläche fixiert worden. An einigen Stellen
war das Tuch wegen der nassen Kleider, die Molly noch
trug, durchgeweicht, so als würde sie schwitzen.

Ben trottete wie in Trance hinter dem Karren her,
der über die unebenen Wege polterte.

Er sah sich um. Plötzlich war er wieder der kleine
Junge mit verweinten Augen, der hinter dem Totenwa-
gen der Mutter hinterherlief.

Neben ihm lief sein Vater auf wackligen Beinen, von
der Gicht gezeichnet.

Ben wachte schweißgebadet auf. Er saß in der Kutsche, die ihn nach Bath bringen sollte. Mit ihm reisen
fünf weitere Personen. Er blickte sich etwas verwirrt

um, bis er begriff, wo er war. Der Traum, der eben noch so real gewirkt hatte, begann in seinen Einzelheiten in Bens Kopf zu verblassen. Nur das Bild seiner toten Frau im Wasser schien sich bleibend eingebrannt zu haben. Auch das Gesicht seines Vaters hatte er gesehen, seit langem hatte er sich wieder an ihn erinnert. Ben hatte Kopfschmerzen und verspürte starken Durst. Woher kannte er den Midford Brook und Monkton Combe?

Doch gleich erinnerte er sich: Er hatte eine Abhandlung gelesen, in welcher die Bäche und Ortschaften am Avon in der Nähe von Bath beschrieben wurden, dort sollte ein Kanal zum besseren Kohlentransport in der Gegend gebaut werden. Ben sollte aufhören, alles zu lesen, was ihm in die Finger kam. Er hatte sich über Bath und dessen Umgebung informieren wollen, weil Molly dort Konzerte gab und scheinbar auch noch etwas verweilen würde. Das stand zumindest in dem Brief, der gestern angekommen war. Unbedingt solle er so schnell wie möglich dorthin kommen, denn Molly deutete in dem Schreiben an, dass eine große Gefahr hier lauere, die sie nicht selbst abwenden könne. Sie habe den Geist Rykers gesehen, der sie hier verfolge. In Briefen vorher hatte sie mehrmals von einer großen Veränderung geschrieben, die sie beide betreffe.

»Geht es Ihnen gut, Sir? Sie sehen aus als hätten sie den Leibhaftigen gesehen. Ich hoffe, unsere Gesellschaft ist nicht schuld daran?«, witzelte einer der Mitreisenden. Er hatte sich als Reverent Barricks vorgestellt. Er trug einfache, dunkle Kleidung, hatte einen Dreispitz auf und war etwa 50 Jahre alt. Mit ihm reisen seine Frau und seine beiden Töchter. Die jungen Frauen waren blass und sprachen kein Wort. Sie wirkten kränklich.

»Danke, Sir, ich muss wohl eingenickt sein. Es geht mir gut, und äh, ich könnte keine besseren Mitreisenden haben.«

Ben saß dem Priester gegenüber. Neben ihm saß noch ein Herr, der ebenfalls nach Bath reiste.

»Und Sie, junger Mann, was treibt sie nach Bath? Die Gesundheit kann es ja wohl nicht sein. Sie sehen aus, als wären Sie voll im Saft.«, sagte der Priester zu dem Mitreisenden.

Mrs. Barricks zog die Nase hoch und räusperte sich. Eine der Töchter grinste wissend.

»Esther! Benimm Dich!«, fauchte die Mutter nur.

»Ich reise aus geschäftlichen Gründen. Zurück nach Hause.«, gab der Mann an. »Ich betreibe in Bath ein Theaterhaus.«

»Aber doch nicht das »Theratre Royal«? Dann müssen Sie John Palmer sein, Sir! Es freut mich, Ihre Bekanntschaft zu machen! Ich habe schon viel von Ihnen gehört. Ihr Haus gehört zu den besten Englands!«

»Nun, vielen Dank dafür. Aber ich muss zugeben, dass ich es erst seit dem vorletzten Jahr leite. Ich habe es von meinem Vater übernommen, er legte den Grundstein unseres Erfolges. Sie besuchen doch eine unserer Vorstellungen? Unser Ensemble gibt in diesem Sommer Shakespeares Mac Beth!«

»Oh, wie wundervoll!«, mischte sich eine der Töchter ein, »Das wäre ein Höhepunkt für unseren Aufenthalt. Genau wie das Konzert von Marian Wallace!«

Sie erntete dafür einen strengen Blick der Mutter.

Ben horchte auf.

»Ähem«, räusperte sich Palmer. »Nun, mit derart trivialen Darbietungen wartet unser Haus natürlich nicht auf. Jedoch, ich habe vom außergewöhnlichen Talent der Dame gehört. Konzerte mit Volksliedern runden das kulturelle Angebot in Bath natürlich ab, gewissermaßen... Für das Theatre Royal kommt so etwas natürlich nicht in Frage.«

»Nun, Shakespeare galt zu seiner Zeit auch als volksnah. Sollten seine Stücke nicht auch zur Erbauung und Bildung aller Schichten beitragen?«, mischte sich Ben nun doch ein.

»Sir, das ist zwar richtig, aber man sollte hohe Kunst und einfache Unterhaltung nicht vermischen! Dafür habe ich das königliche Patent erhalten. Ein Konzert von populärer Volksmusik wird in einer königlich privilegierten Spielstätte niemals stattfinden! Auch wenn das gerade in Mode ist!«

Ben schwieg. Dass Mollys Gesang die feine Gesellschaft schon bald langweilen könnte, entsprach seinen Befürchtungen.Doch im Moment hatte er andere Probleme. Zudem verstörten ihn immernoch die Bilder des Alptraumes.

»Nun, lassen Sie uns das Thema wechseln, Wie finden Sie das Reisen mit den »flying coaches«? Von London nach Bath in nicht einmal 2 Tagen. 120 Meilen! Das ist doch faszinierend!«, sagte Palmer.

»In der Tat! Das ist es. Und es ist weniger beschwerlich, als ich dachte. Diese Fahrzeuge sind wirklich sehr bequem!«, gab Barricks zurück.

»Ja, nicht wahr? Und ich verrate Ihnen jetzt etwas. Ich erwäge, meinen eigenen Postkutschenservice gründen. Zwischen Bath und Bristol verkehren bereits Wägen von uns. Wir betreiben dort ein weiteres Theater und ich tausche regelmäßig Schauspieler zwischen den Häusern aus. Und, was soll ich sagen, ich habe hier in der Tasche ein weiteres Königliches Patent, welches auch unserem Haus in Bristol den Namen »Royal Theatre« verleiht!«

»Meinen herzlichen Glückwunsch, Sir! Das ist großartig. Männer wie Sie bauen unser herrliches Land auf! Gerade in Zeiten wie diesen braucht es fähige Geschäftsmänner!«

10 Entführt

Margret saß vor dem Spiegel ihrer Herrin und probierte deren Schminkutensilien aus. Wie schön das Rot auf ihren Lippen aussah! Das Auftragen mit dem Pinsel hatte sie schon oft geübt, jedesmal in Angst, die Wallace könnte sie erwischen. Aber heute, an ihrem letzten Arbeitstag war das Margret herzlich egal. Eigentlich war sie froh, dieser launischen Herrin zu entkommen. Je schlechter Miss Wallace von Mr. Pimble behandelt wurde, desto schlechter erging es ihrer Dienerin. Und Pimble war ein geiziger, übellauniger Mann, der alles und jeden nur nach Wert und Kosten beurteilte. Diesen extravaganten Reichtum an Kleidern hatte er seiner Sängerin zugestanden, damit sie auch optisch auf der Bühne punkten konnte. Je neidischer die Damen auf Miss Wallace waren, desto neugieriger waren sie geworden. Dabei war in Margrets Augen die künstlerische Darbietung der Dame immer schlechter geworden. Dass die Sängerin nur noch betrunken auf die

Bühne ging, war schon längst kein Geheimnis mehr. Oft musste sie sich festhalten, um nicht auf der Bühne zu straucheln. Ihr Gang war unsicher und wenn sie sprach, lallte sie oft.

Pimble musste davon wissen.

Doch das alles war der Dienerin nun ziemlich egal. Zeitweise hatte sie Miss Wallace nachgeeifert, hatte sie doch in Statur und Aussehen auch noch Ähnlichkeit mit der Dame. Sie war etwa gleich alt, und ungeschminkt und ohne Perücke hätte man die beiden für Schwestern halten können. Auch Margret hatte rotblondes Haar, sie trug es auch ähnlich wie die Wallace.

Da kam der jungen Angestellten eine Idee. Sie ging zum Kleiderschrank, zog das teuerste Stück heraus, ein helles, fast reinweißes Kleid aus Taft, mit wunderschönen Applikationen und Goldstickereien und sehr enger Taille. Sie würde es als Lohn, den man ihr nun schon seit einem Monat schuldig geblieben war, mitnehmen. Natürlich wollte sie es nicht stehlen, sondern sie würde es anziehen, und dann Miss Wallace anbieten, es ihr anstatt des Geldes zu überlassen. Wenn die Künstlerin von ihrem Konzert zurückkam, würde sie betrunken sein und es ihr einfach erlauben. Sie würde sie wahrscheinlich auch sofort wieder einstellen, wenn sie der Gin und der Applaus des Publikums leutselig gemacht hatten, wie so oft zuvor.

Doch es kam an diesem Abend anders als erwartet.

Die Kutsche mit Marian Wallace fuhr zwar vor der Wohnung vor, Miss Wallace war aber nicht alleine. Nach endlosen Minuten bekam der Kutscher ein Zeichen umzudrehen und das Gefährt verschwand wieder in der Nacht.

Margret setzte sich inzwischen eine der Perücken ihrer Arbeitgeberin auf und puderte ihr Gesicht. Dann schminkte sie ihre Lippen erneut nach und besah sich das Ergebnis im Spiegel. Das Kleid passte beinahe perfekt. Tatsächlich! Sie sah Marian Wallace zum Verwechseln ähnlich. Die Dienerin stand auf und stellte sich in Pose. Wenn sie doch nur so eine Stimme hätte wie ihr Vorbild. Als sie so vor dem Schminktisch stand, entdeckte sie unter dem Tisch einen Steinkrug. Sie holte ihn hervor, zog den Korken ab und nahm einen kräftigen Schluck. Ihre Lippen färbten beim Trinken ab.

Verstohlen nahm sie ein Taschentuch und wischte den Krug ab. Schnell stellte sie ihn wieder auf seinen Platz unter dem Tisch. Dann nahm sie die eineinhalb Fuß hohe Perücke wieder ab und stellte sie zurück auf den hölzernen Ständer. Sie wuschelte ihr Haar wieder zurecht, nahm ein weiteres Tuch und begann sich abzuschminken. Nein, sie wollte gar nicht sein wie die

Wallace. Zu oft war sie von ihr schlecht behandelt worden.

Margret spürte einen Luftzug. War die Herrin doch noch nach Hause gekommen? Schnell sprang sie zur Tür. Doch diese ging auf und Margret erschrak beinahe zu Tode.

Ein großer, maskierter Mann stand plötzlich mitten im Zimmer und packte sie grob am Arm. Im Handumdrehen steckte er ihr einen groben, übelriechenden Sack über den Kopf.

»Ein Laut, und Du bist tot!«, stieß er nur hervor. Das tat er mit einer Härte, die Margret sofort verstummen ließ. Margret war wie gelähmt. Noch nie in ihrem Leben hatte sie getraut, sich zu wehren, stets war sie gut damit gefahren, sich zu fügen. Niemals hätte sie den Mut gehabt, sich gegen einen großen, starken Mann zur Wehr zu setzen.

Nur ein leises Wimmern drang aus dem Sack. Die Dienerin nahm gerade noch wahr, dass sie aus dem Haus gezerrt wurde. Als sie schließlich doch ihren Mut zusammennahm und begann, um Gnade zu flehen, erhielt sie einen Schlag auf den Kopf, der ihr sofort die Sinne raubte. Der Mann entfernte den Sack und knebelte die Bewußtlose.

Dann steckte er ihr den Sack wieder über und wuchtete den Körper der jungen Frau auf einen Einspänner. Im Schutze der Nacht verschwand er aus Bath. Sein Ziel war nur wenige Meilen entfernt.

11 Der Tod der Marian Wallace

Das mit Wasser vollgesogene Kleid mit all seinen Unterröcken war schwer. Sie konnte nicht einmal gegen diese geringe Strömung ankämpfen, obwohl das Wasser nur 3 bis 4 Fußtief war. Der Mann hingegen, der sie hier hineingestoßen hatte, sprang ihr hinterher und hatte sie kurz darauf erreicht. Er packte sie am Genick und drückte sie unter Wasser. Sie hatte keine Chance. In Panik würde sie unter Wasser einatmen und ihre Lungen sich mit dem tödlichen Nass füllen. Sie würde ohnmächtig werden. Doch nach diesem ersten Versuch sie zu ertränken holte sie wieder Luft und begann zu schreien. Der Mörder zog einen Knüppel aus dem Gürtel und schlug ihr so stark er konnte auf den Hinterkopf. Sie sackte kraftlos zusammen.

Der Angreifer hielt sie noch minutenlang unter Wasser, um ganz sicher zu sein, dass sie tot war. Dann zog er sie hoch, drehte sie um und blickte in ihre starren, leblosen Augen. Es war vorbei. Er watete aus dem Wasser. Der Körper der jungen Frau trieb inzwischen langsam davon. Der Mann hatte Tränen in den Augen. Er verfolgte am Ufer den treibenden Leichnam bis dieser im Flusskraut hängen blieb. Dann riss er Blumen am Flussufer aus, warf sie zu der Toten ins Wasser und kehrte zurück zum Wagen.

Er musste die Maske finden. Nur einen Moment lang war er unvorsichtig gewesen und hatte sein Opfer aus den Augen gelassen, um das Pferd anzubinden. Die Frau hatte sich aus dem Sack befreit und hatte ihm, als er sie wieder eingefangen hatte, die Maske vom Gesicht gerissen. Er hatte sie dann in den Fluss gestoßen und war ihr hinterher gesprungen.

Nach kurzer Suche fand er das schwarze Stück Stoff am Ufer. Dann stieg er auf den Kutschbock, treib das Pferd an und wendete.

Die Postkutsche aus London würde morgen in Bath ankommen. Bisher hatte sich alles gut gefügt.

Ohne weiteres würde Jenkins im Glauben, zu seiner Frau gebracht zu werden in die Kutsche steigen, und nicht ahnen, dass er in die Falle tappte. Dass sie am Tag zuvor bewußtlos hinten in der Gepäcklast der gleichen Kutsche gelegen hatte, würde er nie erfahren.

Nach kurzer Fahrt hatte er sein Ziel erreicht. Der Kutscher stieg ab und nahm einen tiefen Schluck aus einer Schnapsflasche. Nun galt es, abzuwarten. Am nächsten Morgen würde er es zu Ende bringen.

Einen Tag später stand er wieder bereit. Er war um einen ganzen Sack voller Münzen reicher, denn den ersten Teil seines Auftrages hatte er erfüllt. Nun galt es, den Auftrag zu vollenden. Er hatte absichtlich etwas abseits in einer Seitenstraße des Hauptmarktes angehalten. Lange musste er nicht warten. Nach etwa einer halben Stunde kam die Postkutsche aus London pünktlich an.

Die Fahrgäste stiegen steifbeinig aus und reckten und streckten sich erst einmal. Ben und ein anderer Fahrgast halfen galant den Damen beim Verlassen der Kutsche. Noch hielt sich der der Mörder zurück. Er wollte nicht, dass jemand bezeugen konnte, dass Ben zu ihm in die Kutsche stieg. Als Ben schließlich alleine auf der Strasse wartete, stieg der Mann wieder auf den Bock und lenkte den Wagen zu dem Wartenden. Ben erkannte den Boten, der zu ihm nach London gekommen war.

»Steigen Sie ein, Sir! Ich soll Sie zu Miss Wallace bringen. Sie ist in großer Gefahr!«, sagte er nur knapp.

»Wo bringen Sie mich hin, Fillbings?«, fragte Ben.

»Das kann ich Ihnen nicht sagen! Bitte beeilen Sie sich, die Zeit drängt!«

Ben stieg ein und sofort knallte der Kutscher mit der Peitsche. Vom Anfahrtsruck in die Sitze gedrückt, musste sich Ben erst einmal festhalten. Doch dann steckte er den Kopf zum Fenster hinaus und fragte den Kutscher erneut warum es denn so eilig wäre und wohin er ihn bringe.

»Sir, es ist nicht weit. Die Dame ist zur Sicherheit an einem geheimen Ort. Sie fürchtet um ihr Leben!«

Ben ließ sich zurück auf die Sitzbank sinken. Er hatte keine andere Wahl, er musste dem Mann vertrauen. Nach einer Fahrt von etwa einer halben Stunde bog die Kutsche vom Weg ab auf eine Weide. Ben erkannte Bäume und Büsche am Rand von Weiden und hatte das seltsame Gefühl, diese Landschaft zu kennen. Kurz darauf hielt das Fahrzeug an. Ben stieg aus. Er sah sich um. Ganz eindeutig, hier war vor kurzem eine weitere Kutsche gefahren. Der weiche Boden war aufgewühlt von Pferden und es waren Spuren von Kutschenrädern zu sehen. Doch mehr sah Ben nicht. Ein kurzer Schlag von hinten, und erging zu Boden. Natürlich war es ein Risiko gewesen, denn ein zu starker Schlag konnte einen Mann töten, ein zu schwacher ihn nicht gut genug betäuben. Aber es schien alles gut zu gehen.

Als der vermeintliche Kutscher den Bock bestieg und die Kutsche von der Weide fuhr, lag der junge Mann immer noch regungslos im Gras. Aber er atmete. Und wenn er aufwachte, würde er sein blaues Wunder erleben. Jenkins würde seine Frau finden.

Ein Schäfer, der seine Herde immer an Werktagen hierher führte, weil es in der Sommerhitze hier im Schatten der Auwaldbäume entlang des Baches etwas kühler war, stieß Ben unsanft seinen Stock in die Rippen. Dieser stöhnte auf und kam langsam zu sich.

»He! Wenn Du Deinen Rausch ausgeschlafen hast, dann sieh' zu dass Du hier verschwindest. Dieses Land hier gehört dem dem Duke of Somerset. Landstreicher haben hier nichts zu suchen!«

Ben rappelte sich mühsam auf. Wo war die Kutsche? Ein ungutes Gefühl beschlich ihn, eine böse Vorahnung. Er hatte das Gefühl hier schon einmal gewesen zu sein.

»Ich muss zum Bach! Dort ist eine Frau im Wasser!«, sagte er aufgeregt.

»Was? Badet die da? Das will ich sehen!«, rief der Schäfer.

Der Hund des Schäfers stellte sich drohend neben Ben.

»Bleib Du hier stehen! Wenn Du Dich rührst, beißt er Dir die Kehle durch!«, sagte der Mann scharf. Nur mit einem Handzeichen gab er dem Hund das Kommando, Wache zu halten. Ben wagte kaum zu atmen.

Der Schäfer ging zur Viehtränke, ein Teil seiner Schafe war schon dort. Es dauerte endlose Minuten, bis er wiederkam. Er war sehr aufgebracht.

»Die Frau ist tot! Hast Du sie ersäuft, Du Bastard?«

»Nein! Ich muss zu Ihr! Sie ist meine Frau!«, schrie Ben. »Lass' mich zu ihr!«

»Du bleibst hier, Bursche! Ich werde den Jungen rufen.«

»Was? Nein! Lass' mich durch!«

Der Schäfer hielt Ben mit seinem Stock auf Abstand. Dann griff er zu einem Bockshorn, dass er mit einem Band um die Schulter trug und bließ einen weithin hörbaren Ton in die Landschaft.

»Blieb Du stehen! Ich warne Dich zum letzten Mal!«, sagte der Signalgeber, nachdem er abgesetzt hatte. Sein Hund knurrte leise.

Ringsherum wirkte die Landschaft friedlich. Die Sonne stand jetzt schon hoch am Himmel und es wurde warm. Überall summten Bienen und Insekten. Die Schafe weideten friedlich rings um die beiden Männer herum. Nichts deutete darauf hin, dass nur wenige Meter im Bach der leblose Körper einer jungen Frau lag.

»Warum hast Du sie getötet? Sie ist ne' Schönheit. Bist Du ein Verrückter, oder so? Oder hatte sie einen Anderen?«

»Ich, . . . nein, ich weiß nicht! Ich habe sie nicht getötet! Das müssen Sie mir glauben, Ich wurde hierher geführt und niedergeschlagen. Lassen Sie mich zu ihr. Ich muss sicher gehen, ob sie es wirklich ist!«

»Und dann abhauen, was? Und mir die Tat in die Schuhe schieben? Nee! Nicht mit Duncan Harris!«

»Ist das Ihr Name? Ich heiße Ben. Benjamin Jenkins. Wenn die Frau im Bach meine Ehefrau ist, muss ich jetzt zu ihr. Bitte, Duncan, kommen Sie doch einfach mit, ich laufe nicht weg. Ich bin erst heute Nacht aus London hierher gefahren. Ich weiß nicht einmal genau, wo ich bin!«

»Nun dann, Ben, das hier ist der Midford Brook und der fließt in den Avon. Nur ein, zwei Meilen von hier. Die Ortschaft da drüben heißt Monkton Combe, sehen Sie den Turm von St. Michael's?«, sagte der Mann und zeigt in richtung des Dorfes.

Plötzlich kam Bewegung in die Schafherde und ein Junge von etwa 12 Jahren kam angelaufen.

»Duncan, was ist los? Warum hast Du das Notsignal gegeben?«

»Das hier ist Mr. Jenkins, Matt. Er hat seine Frau im Bach ersäuft. Sie liegt noch drin!«

»Was? Und warum habt Ihr sie nicht herausgezogen?«

»Ben sah diesen Jungen geschockt an. Hatte er keine Gefühle?«

»Matt! Hast nicht verstanden? Er hat sie ermordet!«

»Na, und? Er wird dafür hängen. Aber eine Leiche im Bach verschmutzt das Wasser!«, sagte der Junge völlig emotionslos.

»Ich habe sie nicht getötet! Ich bin ja noch nicht einmal sicher, ob es überhaupt meine Frau ist!«, warf Ben ein. Doch die beiden beachteten ihn gar nicht.

»Und wenn sie sich selbst ertränkt hat? Du weißt schon, wie Kate von Meyers Farm. Die ist doch auch ins Wasser gegangen.«

»Stimmt, Matt. Das war letztes Jahr. Man sagt, sie wäre schwanger gewesen. War 'ne verdammte Schönheit, diese Kate. Aber es kam nie raus, mit wem sie, ... Du weißt schon was!«

»Ich wette, das war der alte Meyers selbst. Der geile

Bock!«, grinste Matt.

Ben hielt es nicht mehr aus.

»Meine Herren! Ich gehe jetzt hin, um sie zu identifizieren. Und Sie werden mich nicht aufhalten. Ich arbeite beim Metropolitan Police Service in London. Ich muss sie untersuchen!«

»Halt die Luft an, Mann! Wir sind hier nicht in London! Wir entscheiden, was gemacht wird!«, sagte der Schäfer streng.

»Genau! Wir entscheiden!«, sagte auch der Junge, »Äh, was entscheiden wir?«

»Nun, wir lassen den Mann hingehen. Aber nur unter Bewachung!«, bestimmte Duncan nach einigem Nachdenken. Er fühlte sich gerade sehr mächtig und wichtig.

»Gut, sehr gut. Lassen Sie uns gehen!«, sagte Ben möglichst freundlich, um seine Verzweiflung zu verbergen. Er hoffte inständig, dass es sich der Mann nicht noch anders überlegte.

Der Schäfer Duncan und sein junger Begleiter gingen hinter Ben her, der sich auf wackligen Beinen zur Viehtränke begab. Ben musste im knietiefen Wasser waten, um zu der Stelle zu kommen, wo der Körper im Wasser lag. Er war etwas abgetrieben worden, hatte sich aber im Kraut der Wasserpflanzen verfangen. Noch konnte er das Gesicht nicht erkennen, meinte aber das weiße Kleid Mollys mit den goldfarbenen Stickereien zu erkennen. Blumen und Blüten lagen darauf. Es wurde tiefer und Ben musste sich am Ufer festhalten, den der Untergrund war steinig. Schließlich erreichte er den leblosen Körper. War es Molly? Es sah ganz danach aus. Ben verfiel in Panik, rutschte aus und tauchte unter. Sofort kam er wieder hoch und rang nach Luft. Mit einem wahren Hechtsprung überwand er die letzten Meter zu der Frauenleiche. Schließlich bekam er sie zu fassen und zog den treibenden Körper an sich. Im Kleid waren noch immer Luftblasen, die den Körper an der Oberfläche gehalten hatten. Schließlich sah er ihr genau ins Gesicht. Die starren blauen Augen blickten in den Himmel. Das rotblonde Haar schwebte im Wasser um den Kopf wie ein Heiligenschein. Es war eine junge Frau, etwa so alt wie Ben. Aber es war nicht Molly. Es war Margret, Mollys Dienerin. Die arme Margret. Was hatte man ihr angetan?

»Und? Was ist jetzt, Jenkins? Kennen Sie die Frau?«, rief Duncan.

Ben hatte sich etwas gefasst. Das Kleid gehörte mit ziemlicher Sicherheit seiner Frau. Konnten sie verwechselt worden sein? Aber warum? Wer sollte ihr so etwas schreckliches antun wollen? Wo war Molly?

»He! Ich rede mit Dir, Polizeimann! Ist das Deine

Frau?«

»Nein!«, rief Ben, »Sie ist es nicht!«

Was sollte er tun? Eines war klar: Er musste so schnell wie möglich Molly finden. Doch wie und wo? Dieser Duncan musste nicht erfahren, dass Ben die Frau kannte.

»Bitte, bringen Sie mich zum Richter nach Bath! Und jemand muss die Frau hier herausziehen!«

12 Liebesnacht

Zwei Tage zuvor.

»Das würdest Du tun? Ich würde das niemals verlangen! Doch wenn Du meinst...«, sagte der junge Liebhaber.

»Was soll ich mit einem unehelichen Kind, Liebster? Ich hatte selbst dieses Schicksal. Niemals wirst Du es anerkennen. Eine Leibrente, oder ein monatliches Salär, gut. Aber eine gesellschaftliche Stellung? Utopisch. Noch dazu der Skandal. Ich tue es für Dich, für mich und für das Kind. Es ist das Beste für uns alle«, sagte sie hart.

Lord Radnor starrte in die Dunkelheit. Sollte jemals herauskommen, dass er eine Abtreibung gefördert hatte, würde auch sein Ruf erheblichen Schaden nehmen. Aber er sah auch keine andere Möglichkeit. Die Botschaft war angekommen. Parsley, Sage, Rosmary and Thyme. Der Refrain des Liedes »Scarbourogh fair« beschrieb die Zutaten eines Abtreibungsmittels. Dazu unmögliche Aufgaben für ein Liebespaar, um zusammenzukommen. Auch seine Liebe zu Marian Wallace, alias Molly Jenkins war unmöglich. Sie konnte nur im Geheimen stattfinden. In den letzten Wochen war ihm immer mehr aufgefallen, wie viel seine Angebetete trank. Jedes Treffen endete im Vollrausch. Aber er war von ihr besessen, konnte nicht von ihr lassen. Lady Radnor ahnte längst, dass er eine Mätresse hatte. Seit dem heutigen Abend und dem Vortrag des Liedes war ihr wahrscheinlich auch klar, mit wem er eine Liaison hatte. Seine Reaktion darauf war ihr nicht entgangen. Wie so oft, wenn es Probleme gab, hatte sie sich zurückgezogen. Sie machte es ihm leicht, fremd zu gehen. Sie sprach nicht einmal darüber.

Dabei hatte er alle Vorsicht walten lassen und dieses Liebesnest über einen Strohmann gemietet. Niemand stellte hier Fragen. Der Preis dafür war hoch, aber Geld spielte für den Lord keine Rolle. Er wollte unbedingt, dass alles geheim blieb. Marian hingegen war das alles egal. Sie war das größte Risiko in diesem Spiel.

Ein falsches Spiel.

Irgendwann war sie eingeschlafen. Zuviel Gin und Wein. Radnor sah sie an, noch immer war sie atemberaubend schön, wenngleich der Alkohol und das unstete Leben erste Spuren hinterlassen hatten. Sie wirke

106

immer öfter müde und erschöpft, zitterte am Morgen. Bereits am Mittag trank sie. An manchen Tagen blieb sie im Bett, unfähig aufzustehen. Man konnte zusehen, wie es mit ihr bergab ging. Als er sie vor einem Jahr kennengelernt hatte, war sie noch wie eine frische Blume. Nun, nach nur einem Jahr mit diesem Pimble, begann sie schon zu verwelken. Lange würde sie nicht mehr auf die Bühne gehen können.

Radnor wußte keinen Rat.

13 Obduktion

»Die Frau wurde nicht ertränkt. Sie hatte kaum Wasser in der Lunge. Darum trieb sie auch an der Oberfläche. Wenn man den Hinterkopf genau betrachtet, erkennt man eine Beule. Zusätzlich habe ich Reste von Stoff in ihrer Luftröhre entdeckt. Sie muss vor ihrem Tod geknebelt worden sein.«

Collins sah den Doktor über seine Brille hinweg an. Auf dem Behandlungstisch des Doktors lag der Körper der verstorbenen Margret. Er hatte ihren Oberkörper geöffnet um die inneren Organe zu untersuchen. Nun bedeckte er sie wieder mit dem Leinentuch.

»Das ist hervorragende Arbeit, Doktor Snyder. Ich könnte einen Mann wie Sie gut in London gebrauchen!«

»Danke, kein Interesse! Ich habe hier in Bath genug zu tun. Lebende Patienten zahlen besser als tote.«

»Hm. Was können sie mir über den Todeszeitpunkt sagen? Ich meine, haben Sie eine Theorie?«

»Das kann ich natürlich nicht genau sagen. Aber es gibt Hinweise, dass sie etwa 24 bis 36 Stunden tot war, bevor sie gestern hierher gebracht wurde. Wissen Sie, es bilden sich gewisse Flecken nach dem Ableben, die sich wegdrücken lassen. Gestern ging das noch, heute nicht mehr. Sehen sie!«

Der Mediziner schlug das Tuch noch einmal zurück und drückte mit den Fingern an den bläulichen Flecken an der Unterseite der Leiche herum, die sich dadurch aber nicht veränderten.

»Nach etwa eineinhalb Tagen ist das nicht mehr möglich. Genauer kann ich den Todeszeitpunkt leider nicht eingrenzen. Wäre sie zum Zeitpunkt meiner Untersuchungen kürzer als 24 Stunden tot gewesen, wäre der Körper noch in der Leichenstarre verblieben.«

Collins notierte sich die Daten. Sein Gehilfe Mortimer Black hatte sich schon gleich nach dem ersten Anblick der Toten übergeben und war nach draussen gehechtet. Bedauerlicherweise schien der Mann sich einfach nicht an den Anblick von Toten gewöhnen zu können.

»Welche Rolle spielte es, dass der Körper im Wasser gelegen hatte?«, wollte der Chief Inspector noch wissen.

»Ich glaube, so gut wie keine. Bei der sommerliche

Hitze hat das Wasser den Leichnam eher gekühlt, was das Einsetzen der Verwesung etwas verzögerte. Aber wie Sie sicherlich bemerkt haben, fängt der Körper bereits an zu riechen und unangenehme Lüfte abzusondern. Ich würde nun dafür plädieren, dass man sie schnellstens bestattet.«

»Natürlich. Dank Ihrer Hilfe, Doktor, haben wir alle Fakten, die zum Tod der Frau gesammelt werden können. Geben Sie dem Coroner Bescheid.«

»Äh, gut. An wen darf ich meine Rechnung stellen?«

»Auch das werde ich klären. Bis dahin seien Sie sich des Dankes der Metropolitan Police gewiss!«

Der Arzt sah Collins und dessen jungen Gehilfen sauertöpfisch an. Das hieß dann wohl, dass er möglicherweise auf seiner Rechnung sitzen blieb.

»Jedenfalls werde ich ich Sie lobend beim zuständigen Richter hier in Bath erwähnen. Dass er mir gewährt hat, hier die Ermittlungen zu leiten, war eine kluge Entscheidung. Ich werde ihn umgehend aufsuchen. Vielen Dank, Doktor«, sagte Collins und reichte dem Arzt die Hand. Dieser hob sie allerdings nur hoch, denn blutverschmiert, wie sie war, wollte er sie dem Ermittler nicht geben.

»Dann grüßen Sie Richter Tanner von mir. Wenn Sie mich nun entschuldigen würden, ich muss mich wieder um meine lebenden Patienten kümmern«, verabschiedete sich Snyder von Collins.

Wenig später hatten die Londoner Polizisten das Gesichtsgebäude erreicht. Hier wartete man bereits auf sie, denn nun sollte in Beisein des Richters der mutmaßliche Mörder vernommen werden. Collins ahnte nichts gutes, als man sie dazu in den Keller führte.

Mortimer Black, der junge Begleiter Collins, ging voran, während der Ältere mit ernster Mine folgte. Wenn Tanner auf eine sogenannte peinliche Befragung bestand, konnte er, ausser sein Veto einzulegen, nichts für Ben tun. Die Folter galt nach wie vor als legitimes Mittel, um Gefangene zu einem Geständnis zu bewegen.

In einem großen Kellerraum brannte ein Kohlenfeuer, dass mit einem Blasebalg zusätzlich angeheizt werden konnte. Zwei Schergen der örtlichen Gerichtsbarkeit waren dabei, verschiedene Vorzubereitungen zu treffen. Anscheinend bevorzugte man hier glühendes Eisen, um Geständnisse schnell zu erzwingen. Verschiedene eiserne Zangen und Werkzeuge. Daneben lagen einfache spitze Eisenstäbe mit Holzgriffen parat. Niemand konnte einer Befragung mit solchen Argumenten lange standhalten. Collins verabscheute solch ein Vorgehen zutiefst.

»Ah, Mr. Collins! Da sind Sie ja endlich. Gibt es schon neue Erkenntnisse? Wie Sie sehen können, sind wir soweit. Wir können mit der Befragung beginnen. Ich lasse den Angeklagten holen.«

»Einen Moment noch, verehrter Richter Tanner. Bevor wir beginnen, möchte ich Ihnen sagen, dass ich von solch mittelalterlichen Methoden nicht besonders viel halte. Ich bevorzuge Beweise und Fakten, um einen Täter zu überführen. Und, bei allem Respekt, Sir, Mr. Jenkins ist doch eigentlich nur Zeuge. Bestenfalls Verdächtiger. Aber noch lange kein Angeklagter.«

»Ich sehe schon, Collins, Sie haben anscheinend lauter moderne Ideen dabei. Wir halten uns nur an die Vorschriften. Ohne Geständnis keine Verurteilung!«

»Aha. Nun, dann lassen Sie den Mann bringen. Ich werde ihn mit ein paar Fakten konfrontieren, die uns zeigen werden, ob er verdächtig genug für eine Anklage ist.«

»Wie? Nun, dass zieht doch die Sache nur unnötig in die Länge! Aber, nun gut, wenn Sie meinen. Lassen Sie uns beginnen«, sagte Tanner nun leicht irritiert. Dieser Londoner Beamte verdrehte alles. Aber Tanner fürchtete die Beziehungen dieses Chief Superintendent. Vor allem zu Sir John Fielding, der hinter diesem Collins zu stehen schien. Dessen Beziehungen zum Palast konnten für einen Provinzrichter sehr gefährlich sein. Denn Tanner wollte seinen Posten behalten.

Ben wurde hereingeführt. Er sah erbärmlich aus. Ganz offensichtlich hatte man ihn misshandelt. Er hatte ein blaues Auge und einige Kratzer im Gesicht. Bekleidet war er nur mit einem Hemd und einer schmutzigen Hose.

Collins ließ sich sein Erschrecken nicht anmerken, ganz anders als Black. Er ging sofort zu Ben und fragte den Kollegen, ob es ihm gut gehe.

»Black, halten Sie bitte Abstand zu Mr. Jenkins. Euer Ehren, ich schlage vor, dass Mr. Black das Protokoll führt. Sind Sie damit einverstanden, Richter Tanner?«, sagte Collins ernst.

Tanner nickte. Er hatte vergessen, einen Schreiber zu beauftragen. Jetzt einen zu holen, hätte die Prozedur nur noch mehr in die Länge gezogen. Mortimer Black nickte ebenfalls, denn der eigentliche Protokollführer Collins' war ja der Angeklagte.

»Nun, gut. Ihr vollständiger Name, Geburtstag und Geburtsort?«, wandte sich Collins nun an Ben, der überglücklich war, dass Collins hier war.

»Benjamin Samuel Jenkins. Geboren im April, den 23sten im Jahr des Herren 1753 in Cork, Irland.«

»Sie sind Ire?«

»Nein, Sir, mein Vater war Doktor James Jenkins, geboren in Plymouth, England. Er ging einige Jahre vor meiner Geburt nach Irland.«

»Aha. Wo wohnen Sie zur Zeit?«

»In London, Sir.«

»Was tun Sie dann hier in Bath, Mr. Jenkins?«, fragte Collins ruhig und freundlich.

Tanner wurde es zu bunt. Er packte höchstpersönlich den glühenden Spieß mit dem Holzgriff und hielt ihn drohend vor Bens Gesicht. Dieser zuckte erschrocken zusammen.

»Haben Sie die Frau getötet? Reden Sie, sonst machen Sie Bekanntschaft mit dem Eisen!«, mischte er sich ein.

»Einen Moment noch, Richter Tanner. Ich komme gleich darauf«, sagte der Ermittler beschwichtigend.

»Mr. Jenkins. Können Sie mir sagen, wann Sie hier angekommen sind, beziehungsweise, wann Sie London verlassen haben?«

»Ja. Ich kam gestern Vormittag hier an. Ich verließ London vor drei Tagen. Ich nahm die Postkutsche. Hier in Bath traf ich einen Mann, der mich zu meiner Ehefrau bringen wollte..«

»Wie heißt der Mann? Er wäre ein wichtiger Zeuge und könnte Sie entlasten!«, sagte Collins nun etwas aufgeregter.

»Er nannte sich James Fillbings. Er hatte mir eine Nachricht überbracht. Er sagte mir, er würde vorausreiten, um ihr Bescheid zu geben. Dann würde mich nach meiner Ankunft in Bath kontaktieren und zu meiner Frau bringen.«

»Diese Nachricht hier?«, fragte Collins und hielt Ben Mollys Brief hin.

»Ja, Sir! Wieso...? Ach, natürlich! Emily hat sie Ihnen geben. Zusammen mit meiner Nachricht.«

»Richter Tanner, der Mann ist unschuldig und sofort freizulassen. Lassen Sie die Ketten abnehmen!«

»Was? Wieso das denn? Sie kennen den Mann? Ich verstehe nicht....«

»Mr. Jenkins war gar nicht hier, als die Frau getötet wurde. Das ist ein eindeutiger Fakt.«

»Was? Sie können doch meinen Mörder nicht einfach freilassen, Mister! Wo kommen wir denn da hin?« rief Tanner echauffiert.

»Tut mir wirklich aufrichtig leid, Richter Tanner. Aber ich versprechen Ihnen, den wahren Mörder zu jagen, bis ich ihn habe! Und dieser Mann kann die Dienerin Margret nicht getötet haben, da er zum Zeitpunkt ihres Todes noch gar nicht hier sein konnte. Natürlich werde wir das noch genau überprüfen. Mr. Jenkins, können Sie mir vielleicht Namen anderer Mitreisender aus der Postkutsche sagen?«

»Selbstverständlich, Sir. Da war ein Reverent, er hieß Barricks, mit seiner Frau und seinen zwei Töchtern. Der andere Mitreisende war ein Mr. Palmer hier aus Bath. Ich glaube, er ist sehr bekannt hier in der Stadt. Er kam ebenfalls aus London, ich glaube sogar, direkt vom König!«

Richter Tanner wurde kreidebleich.

»John Palmer? Der Leiter des Theatre Royal? Das ist natürlich..., ich meine, ja, dann..«, stammelte er. Palmer galt als eine der einflussreichsten Persönlichkeiten der Stadt.

»Nun, wir werden diesen Mann befragen. Genau so wie den Reverent Barricks. Dann ist ja alles geklärt. Mr. Jenkins, haben Sie einen Verdacht, wer Margret umgebracht haben könnte? Doktor Snyder, der eine hervorragende Obduktion der Leiche vorgenommen hat, geht davon aus, dass die Frau geknebelt und erschlagen wurde. Erst danach hat man sie ins Wasser geworfen. Sie, Jenkins, kamen erst später hier an. Das sind die Fakten!«

»Nein, Sir, ich habe keinen konkreten Verdacht. Ich habe aber eine Vermutung. Nicht mehr als eine Hypothese. Ich müsste aber zuerst meine Frau aufsuchen.«

»Gut! Wo finden wir Mrs. Jenkins?«

»Ich habe keine Ahnung, Sir!«

Collins dachte nach. Molly war womöglich in höchster Gefahr. Zusammen mit seinen Informationen und dem Brief von Molly, von dem Emily ihm berichtet hatte nahm auch in seinem Kopf ein Bild der ganzen Sache Gestalt an. Vieles passte zusammen, aber es gab noch einige Fragen und Ungereimtheiten. Doch das Phantom, der Geist Rykers spielte auch in Collins Hypothese eine zentrale Rolle. Nun gab es einen neuen Namen: Fillbings. Womöglich nur ein Deckname. Aber es gab ein Gesicht dazu. Und Collins wußte, dass Ben sich Gesichter sehr gut merken und sie auch beschreiben konnte.

»Euer Ehren. Ich würde nun gerne Mr. Jenkins mitnehmen, damit er an den weiteren Untersuchungen teilnehmen kann. Selbstverständlich werde wir Sie über unsere Ermittlungsergebnisse auf dem Laufenden halten, Sir!«

»Äh, ja, nun gut, Collins. Ich erwarte Ihren Bericht. Ich denke, Mr. Palmer müssen Sie nicht, in, äh, diese Sache mit einbeziehen. Befragen Sie doch diesen Reverent, wie hieß er doch gleich?«

»Barricks, Sir«, antwortete Ben.

Damit entließ der Richter die Londoner. Er wollte

nicht in die Verlegenheit kommen, Palmer als einen Zeugen vernehmen zu müssen. Schon eine Nachfrage bei dieser einflussreichen Persönlichkeit scheute Tanner wie der Teufel das Weihwasser.

Collins verließ mit Black und Jenkins das Gesichtsgebäude. Kaum waren sie draussen, sprudelte es aus Ben heraus.

»Sir, wir müssen Molly suchen! Ich bin mir sicher, der Mörder hat Margret mit ihr verwechselt! Margret trug ihr Kleid. Sie müssen wissen, Molly und ihre Dienerin waren sich nicht unähnlich. Beide haben die gleiche Statur, ähnliches Haar und blaue Augen. Seit dem letzten Jahr verändert Molly ihr Aussehen für die Bühne, wenn sie als die Sängerin Marian Wallace auftritt.«

»Das ist mir bekannt, Jenkins. Ich teile Ihre These. Aber wo ist dann Ihre Frau? Wenn der Täter herausfindet, dass er die Falsche ermordet hat, dann schwebt sie in höchster Gefahr!«

»Dann müssen wir Pimble finden, Sir! Er wird es wissen.«

»Das ist ihr Agent, nehme ich an? Hier in Bath haben wir keine Informanten und es wimmelt hier von Auswärtigen. Ich schlage vor, dass wir herausfinden, wo Ihre Frau die letzten Auftritte hatte. Dort könnte man wissen, wo dieser Pimble oder gar Mrs. Jenkins logiert.«

Ben nickte. Dann blickte er beschämt zu Boden.

»Sir, ich, äh wollte Ihnen noch danken, dass Sie mich aus dem Kerker gerettet haben. Ich hätte der peinlichen Befragung höchstwahrscheinlich nicht Stand gehalten.«

»Das tut kaum jemand. Aber bedanken Sie sich bei Emily. Sie hat sich für Sie eingesetzt. Dass hinter der Sache auch noch ein Ehebruch steht, ist allerdings eine Katastrophe! Sie werden sich scheiden lassen und Emily heiraten! Soviel steht fest!«

Ben wußte, dass Collins recht hatte. Emilys Ehre stand auf dem Spiel. Jeder Vater würde so handeln.

»Ja, Sir«, sagte er nur kleinlaut.

»Aber zuerst haben wir diesen Fall aufzudecken. Black, Sie befragen alle Leute, die sie treffen, nach Konzerten von Miss Wallace. Wir gehen in dieses Gasthaus hier und versuchen, aus Mr. Jenkins wieder einen Beamten den Königs zu machen. Lassen Sie unsere Sachen von der Poststation herbringen!«, befahl der Chief Inspector angesichts des bedauerlichen Zustandes von Bens Kleidern. Das Gasthaus »Three lions« war sehr sauber und ordentlich. Der Wirt wollte Ben ob seines Zustandes eigentlich nicht hereinlassen, erst eine vehemente

Ansage von Collins verschaffte ihnen ein Zimmer im ersten Stock.

Nun hatten die Männer Zeit, sich auszusprechen. Zunächst machte Collins seinem Ärger über das Verhalten von Ben und Emily Luft. Ben fürchtete, der Mann könnte einen Schlaganfall bekommen, so sehr kam dieser in Rage. Doch er ließ alles über sich ergehen und rechtfertigte sich nicht. Vielmehr erzählte er von seiner Ehe im letzten Jahr, der Entfremdung des Paares und Mollys Veränderung. Collins wollte zunächst gar nichts gelten lassen, doch er wußte auch, dass Emily sich zwischen die beiden gedrängt hatte und er dies nicht verhindert hatte.

Sie war es auch, die ihrem Vater von Mollys letztem Brief berichtet hatte. Der Hinweis auf Ryker deckte sich mit den Ungereimtheiten, dass kurz nach Rykers Tod ausgerechnet seine beiden Wärter auf mysteriöse Weise ums Leben gekommen waren. Auch der tödliche Unfall eines Gefängnislieferanten war ihm zu Ohren gekommen. Leider genügten diese Indizien nicht, um die Sache neu aufzunehmen. Ryker war von unabhängigen Beamten identifiziert und für tot erklärt worden. Es gab keine Hinweise, dass er irgendwo wieder aufgetaucht sein könnte. Bis der Brief von Molly gekommen war.

»Wenn unsere Theorie stimmt, dann ist Ryker geflohen. Er ist hier in Bath gewesen oder noch anwesend. Er hat versucht, Molly zu töten oder töten zu lassen. Doch es traf Margret, da sie Mollys Kleid trug. Ob er bereits weiß, dass die falsche Frau ermordet wurde, ist uns nicht bekannt. Womöglich hat er Molly bereits in seiner Gewalt oder getötet. Ich bin mir sicher, dass er Komplizen hat. Dieser Fillbings gehört sicherlich dazu, wahrscheinlich ist er der gedungene Mörder. Er wird im Auftrag handeln, ansonsten sehe ich kein Motiv bei ihm. Mutmaßlicher Auftraggeber ist Ryker. Leider habe ich unseren Zeichner nicht hier. In London könnten wir ein Bild nach Ihrer Beschreibung des Mannes anfertigen lassen. Ihnen, Black und mir fehlt leider dieses Talent. Sie sagten, dass er über eine Droschke verfügte. Vielleicht finden wir dieses Gefährt. Wir brauchen Spuren, die wir eindeutig verfolgen können.

Es bleibt also nur eins: Wir müssen diesen Kutscher finden. Das geht möglicherweise über die Kutsche. Ist Ihnen irgendetwas an oder in der Kutsche aufgefallen?«

»Ich..., weiß nicht. Sie war nicht gerade in gutem Zustand. Die Polster waren etwas verschlissen, und eines der Fenster wies einen Sprung auf.«

»Das ist wenig. Nun, ich schlage trotzdem vor, dass

Black und Sie Molly suchen. Dazu müssen Sie diesen Pimble finden. Wie sieht er aus?«

Ben beschrieb seinem Vorgesetzten den Musiker Thomas Pimble. Ob er immernoch seine blauen Anzüge trug, und dazu einen hellbraunen Castorhut, wußte Ben nicht zu sagen, aber immerhin wäre solch eine Garderobe relativ auffällig.

Collins hörte zu. Aber auch Bens Zustand war ihm nicht entgangen. Er schien todmüde zu sein.

»Jenkins, ich weiß, dass Sie sehr müde und abgeschlagen sind. Aber nun müssen wir den Mörder jagen. Wir dürfen nicht nachlassen, bis Ihre Frau in Sicherheit ist und wir Ryker und seine Handlanger dingfest gemacht haben. Wenn Sie frische Kleider haben, werden Sie sich auf die Suche machen. Dieses Zimmer hier ist von nun an unsere Zentrale. Hier sammeln wir unsere Informationen. Ich selbst werde die meiste Zeit hier sein, mit meinem Arm bin ich draußen keine große Hilfe. Sie und Black werden meine Hände, Arme, Augen und Ohren sein!«

Sie durften keine Zeit verlieren. Nicht, wenn ein Horatio Ryker hinter der Sache steckte.

»Ja, Sir. Danke! Ich weiß gar nicht...«

Collins hob die Hand. Er wollte das nicht hören.

14 Das letzte Konzert

»Ladies and Gentlemen! Ich bitte Sie um Ihre Aufmerksamkeit! Sie erleben gleich Miss Marian Wallace, die heute ihr letztes Konzert hier in Bath in dieser Saison gibt. Vorher wird Hofkapellmeister Thomas Pimble mit seinem Orchester einige Eigenkompositionen als Weltpremiere aufführen. Ich bitte Sie, unsere Künstler mit einem Applaus zu begrüßen!«

Der Konzertmeister verließ die Mitte der Bühne, trat zur Seit und applaudierte. Das vornehme Publikum, allesamt Leute in den besten Roben und Anzügen, war gespannt. Wer etwas auf sich hielt, war heute Abend gekommen. Schließlich war die Wallace so etwas wie der Liebling der Saison. Insgeheim gab es Gerüchte über Affairen und das skandalöse Verhalten dieser Frau. Doch nichts war so anregend wie der Klatsch rund um eine berühmte Künstlerin, auch wenn sie nächstes Jahr bedeutungslos sein würde.

Die Orchestermusiker, alle in den gleichen blauen

Livrees mit silberfarbenen Tressen gekleidet, betraten mit ihren Instrumenten die Bühne. Ihnen folgte lächelnd Pimble, der wie immer ganz in seinen blauen Samtanzug gekleidet war. Er trug eine weiß gepuderte Perücke, die er extra für heute neu erworben hatte. Sie hatte mehr gekostet als sein Anzug. Aber hier in Bath war alles teuer. Noch hoffte er, dass die Wallace erscheinen würde. Länger hatte er seinen Auftritt nicht hinauszögern können. Sollte sie nicht kommen, bekäme sie wohl eine sehr schlechte Presse. Das wäre vermutlich das Ende ihrer Karriere. Egal. Pimble hatte sich damit abgefunden. Er würde aufsteigen. Seine revolutionäre Musik würde ihn zu den höchsten Ehren führen. Vielleicht sogar zum Adelstitel? Sir Thomas Pimble? Pimble lächelte. Was für ein Gedanke! Es galt nun, seine Musik dem Publikum vorzustellen. Gute Presse für ihn, schlechte für Wallace. Insgeheim hatte er sie schon längst fallen lassen. Als der Applaus abebbte, erhob Pimble seine Stimme.

»Sehr geehrtes Publikum! Ich präsentiere ihnen nun meinen Zyklus neuer Musik »Die Gezeiten«, beginnend mit dem »Andante«, das Meer bei sommerlichem Wetter. Als nächstes hören Sie ein Adagio in D-dur, der Ebbe, gefolgt vom »Allegro non troppo«, der Flut, welches wiederum von einem »Presto molto grave«, welches den Sturm beschreiben soll, abgelöst wird.«

Wieder ein kurzer, höflicher Applaus. Pimble verneigte sich. Bevor er sich an das Dirigentenpult umdrehte, nahm er im Publikum, gleich in der ersten Reihe, eine ihm unbekannte ältere Dame wahr, die ihm zunickte. Pimble lächelte etwas gekünstelt zurück. Sahen so seine Verehrerinnen aus?

Dann erhob er den Taktstock und auf sein Zeichen begannen die Musiker zu spielen. Die ersten Takte beschrieben ein fröhliches Thema, bei dem man an einen sommerlichen Tag am Meer erinnert werden sollte. In den späteren Teilen sollte die Naturgewalt des Meeres thematisiert werden.

Doch etwa in der Mitte des Stückes gab es Unruhe im Publikum, da Nachzügler den Zuschauerraum betraten. Es waren zwei jüngere Herren, die sich etwas unbeholfen durch die Reihen bewegten.

Pimble war abgelenkt und drehte sich mehrmals um, was wiederum seine Musiker irritierte und es zu Fehlern kam. Nur mit Mühe gelang es dem Dirigenten, ohne Abbruch weiterzumachen.

Aber die Musik kam nicht gut an. Das Publikum wurde unruhig, die Leute begannen zu tuscheln und einige standen gar auf und verließen den Saal.

Schweiß rann Pimble unter seiner Perücke hervor. Er

war überzeugt gewesen, dass seine Musik gut und bedeutsam war. Aber das Publikum hier in Bath schien nicht kultiviert genug, hatte keine Ahnung von Musik. Es folgte der zweite Teil »Die Ebbe«, Adagio. Für Pimble musikalisch die größte Herausforderung, denn das zurücklaufende Wasser musikalisch zu symbolisieren, hörte sich teilweise revolutionär an. Lang zurückgezogenen Violintöne und immer leiser werdendes Säuseln waren sein Stilmittel.

Doch schon gab es die ersten Unmutsbekundungen und laute Rufe nach Beendigung dieser abscheulichen Musik und deren schlechter Ausführung. Viele waren aufgestanden und skandierten laut.

»So eine Zumutung!«

»Dilettanten!«

»Aufhören!«

Gleichzeitig gab es die ersten Rufe nach der versprochenen Hauptattraktion des Abends:

»Wir wollen Wallace! Wir wollen Wallace!«

Pimble verlor die Nerven, brach das Konzert ab und rannte unter Buh-Rufen und Pfiffen von der Bühne. Die Musiker saßen geschockt da und zucken nur mit den Schultern. Der Konzertmeister kam auf die Bühne gestürmt und versuchte die Menge zu beschwichtigen.

Nur eine Person im Publikum war ruhig geblieben

und betrachtete die Geschehnisse mit einem Lächeln.

Die beiden jungen Männer liefen sofort zum Ausgang und ließen sich den Weg zu den Künstlergarderoben zeigen. Hinter der Bühne trafen sie auf die Musiker, die ratlos herumstanden, während der Konzertmeister auf sie einredete und versuchte, sie davon abzuhalten, zu gehen. Black sprach ihn an und ließ sich den Weg zu Miss Wallace Garderobe zeigen. Er und Ben hatten schnell herausgefunden, dass heute das letzte Konzert hier in Proir Park House anstand.

»Sie ist nicht da, Sir. Das ist ja unser Dilemma!«

»Dann sagen Sie mir, wo Pimble ist. Wir müssen ihn dringend sprechen!«

Der Konzertmeister zeigte mit dem Finger auf eine Türe einige Meter den Gang entlang.

Nur wenige Sekunden später standen sie vor Thomas Pimble, der seine Perücke heruntergerissen und in eine Ecke geschleudert hatte, kurz bevor die beiden eintraten.

»Jenkins! Sie haben mir gerade noch gefehlt! Wo zum Henker ist Ihre Frau?«

»Sagen Sie es uns, Pimble! Ihre Dienerin Margret wurde gestern tot in einem Bach aufgefunden, unweit von Bath! Ich fürchte, Molly schwebt in großer Gefahr!«

»Was? Warum denn das? Wenn sie hier heute Abend nicht auftaucht, läuft sie Gefahr, ihre Karriere und die verbliebene Reputation zu verlieren. Ganz zu schweigen von den immensen Verlusten, die ein Ausfall ihres Konzertes für mich bedeuten würde!«

»Das ist völlig belanglos, Mister! Wir suchen einen Mann, der sie verfolgt. Einen mehrfachen Mörder. Geflohen aus Newgate. Er heißt Horatio Ryker. Er muss Molly kontaktiert haben.«

»Aha. Nie gehört. Keine Ahnung, wen Sie meinen. Aber Verehrer und »Kontakte« hatte die Dame haufenweise. Einer hat sogar mir Geschenke gemacht, um an sie heranzukommen. Denken Sie nur, diesen Spazierstock!«

Pimble zeigt Ben und Black den extravaganten Stock mit Entenkopf.

»Wie nennt sich der Mann? Wo finden wir ihn?«, schrie Ben Pimble an.

»Immer mit der Ruhe, Jenkins. Der Mann sollte hier sein. Er bekam Karten von mir und sitzt vermutlich im Publikum. Falls er noch nicht nach Hause gegangen ist. Ein Major der Infanterie.«

Ben sah Black entgeistert an. Sie hatten ihn nicht im Publikum gesehen. Aber er womöglich sie.

In diesem Moment hörten die drei Männer erneut

Applaus im Konzertsaal aufbranden. Der Konzertmeister machte eine Ansage, die sie allerdings in der Künstlergarderobe nicht genau verstehen konnten. Doch die letzten drei Worte seiner Ankündigung konnten sie laut und deutlich vernehmen:

»...Miss Marian Wallace!«

Ein Bühnenarbeiter hatte den Konzertmeister darauf hingewiesen, dass Miss Wallace mittlerweile angekommen war und in ihrer Garderobe befand, nur wenige Sekunden nachdem Ben und Black in Pimbles Umkleideraum verschwunden waren. Sofort war er zu ihr gegangen und hatte sie gebeten umgehen aufzutreten. Die Dame war, anders als sonst, sofort mitgekommen, um sich ihrem Publikum zu präsentieren. Sie hatte auf ein aufwendiges Outfit genauso verzichtet, wie auf Schminke und Perücke.

»Ladies and Gentlemen! Ich möchte Ihnen für diesen herzlichen Empfang danken! Dies ist mein letztes Konzert in Bath für diese Saison. Aber seien Sie gewiss, ich werde zurückkehren.«

Wieder gab es Applaus. Benjamin, Black und Pimble waren zur Vorstellung geeilt und standen nun seitlich hinter der Bühne. Mit einer Mischung aus Freude und Anspannung sahen sie dem Auftritt zu. Doch Ben versuche auch einen Blick in den Zuschauerraum zu ergattern. Leider konnte er nicht das gesamte Publikum überblicken.

Molly begann, nachdem sich die Musiker gesetzt hatten und der Konzertmeister mit einem Nicken seine Bereitschaft bezeugt hatte, mit dem ersten Stück: »Scarborough fair«

Ben hielt es nicht länger aus. Er lief hinter der Bühne herum, um in den Zuschauersaal zu kommen. Seitlich neben der Bühne war eine Loge, in die er einfach hinein ging. Die beiden älteren Herrschaften darin waren überrascht und blicken ihn streng an, doch Ben stellte sich einfach hin und beobachtete das Publikum. Schließlich ließen sie ihn gewähren.

Ben sah einige Rotröcke unter den Zuhörern, aber allesamt kamen sie von der Statur und dem Aussehen nicht Frage. Also versuchte Ben, andere Herren auszumachen, in die sich Ryker verkleidet haben konnte. Doch das war bei diesen Lichtverhältnissen aussichtslos. Nur die Bühne war beleuchtet, Im Widerschein der Lampen sah man die Gesichter nur undeutlich.

Das erste Lied war zu Ende. Ben beobachtete genau, wie sich die Leute verhielten. Viele standen auf, als sie applaudierten. Wieder hatte Molly ihr Publikum in den Bann gezogen. Kein einiger Mann verließ den Saal, es waren auch alle Plätze besetzt. Kurz bevor sich die Leute wieder setzten, stand eine ältere Dame in der ersten Reihe auf und verließ den Saal. Das konnte aber kaum Ryker sein.

Nach etwa 15 Liedern ging das Konzert dem Ende zu. Ben hatte niemanden gesehen, auf den die Beschreibung Pimbles gepasst hätte. Er ging noch vor dem Ende des letzten Stückes zurück hinter die Bühne. Black hatte Molly nicht aus den Augen gelassen. Als Molly, alias Miss Wallace die Bühne unter tosendem Beifall verließ, regnete es Blumen.

»Ben! Du bist hier! Wie schön. Damit hatte ich gar nicht gerechnet! Hast Du gesehen, wie sie mich lieben?«

»Molly! Gott sei Dank ist Dir nichts passiert. Ich bin sofort nach Deinem Brief gekommen. Wo hast Du Ryker gesehen?«

»Ach, das war doch nur eine Verwechslung. Nur weil Pimble einen ähnlichen Spazierstock geschenkt bekommen hat. Wie dumm von mir. Aber das hatte ich doch geschrieben. Ryker ist doch tot! Mach Dir keine Sorgen!«

»Was? Nein! Im Brief stand, dass Du ihn gesehen hast und dass Du große Angst vor ihm hast!«

»Ben! Ich weiß doch, was ich geschrieben habe!«

Ben schüttelte verwirrt den Kopf.

»Und Du hast auch noch Mister Mortimer mitgebracht. Wie schön. Habt ihr beide extra Urlaub bekommen, um mich bei meinem letzten Konzert zu hören. Das ist wirklich..., unerwartet.«, sagte Molly.

»Mrs. Jenkins? Darf ich ihnen mein Kompliment zu ihrem Konzert geben? Ich fand es wirklich sehr ..., besonders!«, versuchte sich auch Black, der Künstlerin zu gefallen.

»Danke, Mortimer. Vielen Dank!«

Wieder wurden sie von einem lauten Klopfen an der Türe unterbrochen. Es war der Konzertmeister, der sich durch die Menge der Verehrer im Gang vor der Garderobe gekämpft hatte. Bei ihm war John Palmer, der Miss Wallace persönlich seine Aufwartung machen wollte.

»Miss Wallace! Ich gratuliere zu Ihrem grandiosen Erfolg. Darf ich vorstellen..., Mister John Palmer, der Besitzer des Theatre Royal hier in Bath und des Royal Theatres in Bristol. Äh, verzeihen Sie, ich wußte nicht, dass Sie hier bereits zwei Herren empfangen haben.«, sagte der Konzertmeister etwas verlegen.

»Das macht doch nichts, mein Lieber! Mr. Palmer, ich habe schon viel von Ihnen gehört. Ich gratuliere zu der königlichen Beurkundung des Theaters in Bristol!«, sagte Molly, die aufgestanden war und einen

Knicks vor Palmer machte, als sei er selbst der König.

»Zuviel der Ehre, Madame!«, sagte Palmer, der sich ebenfalls verneigte und ihre Hand ergriff um einen Handkuss anzudeuten.

»Ich bin nur ein bescheidener Brauerssohn, der das Glück hat, der Kunst eine Heimstätte zu geben. Ich möchte Ihnen sagen, dass ich entzückt bin. Sie sind aus nächster Nähe noch schöner, als auf der Bühne. Und Ihr Gesang macht den Engeln im Himmel Konkurrenz!«

»Mr. Palmer! Sie übertreiben. Ich tue nur das, was ich am Besten kann! Aber ich danke Ihnen aufrichtig für diese reizenden Komplimente!«

»Ja, nun, und wer ist denn das? Ach, Mr. Jenkins, nicht wahr? Wir reisten gemeinsam von London hierher. Ich wurde deswegen vom Richter befragt. Er meinte es gehe um Mord?«, sagte Palmer beiläufig.

Ben fiel aus allen Wolken. Dieser dämliche Richter hatte anscheinend alles weitererzählt. Von dem Grundsatz John Fieldings, Zeugen niemals über laufende Ermittlungen zu informieren, hatte der Mann anscheinend nie gehört.

»Mr. Palmer, darf ich vorstellen, mein Kollege, Mr. Mortimer Black. Mr. Black, Mr. John Palmer.«, sagte Ben, um vom Thema abzulenken.

Die Herren verneigten sich.

»Ben, was ist da los, was für ein Mord?«, wollte nun Molly wissen. Doch abermals störte jemand die Runde.

»Mr. Perry! Kommen Sie schnell! Es ist etwas passiert. In Mr. Pimbles Zimmer!«, rief ein aufgebrachter junger Angestellter des Konzertmeisters in die Garderobe.

Die Herren stürmten zu Pimble.

Der Musiker saß in einem Sessel in seiner Garderobe. Sein Kopf war blutüberströmt, deutlich konnte man sehen, dass ihm direkt von vorne der Schädel eingeschlagen worden war. Der Kopf war über die Lehne leicht nach hinten gekippt. Auf seiner Brust lag das offensichtliche Tatwerkzeug. Der Gehstock mit einem blutverschmierten, massiven Messinggriff in Form einer Ente.

15 Die Jagd beginnt

»Oh, mein Gott!«, rief der Konzertmeister James Perry, als er das Blutbad im Umkleideraum des Hofkapellmeisters Thomas Pimble sah. Die vielen noch immer anwesenden Verehrer von Miss Wallace im Gang drängten sich nun vor der Türe des Musikers und einige waren bereits hineingelangt. Diese Schaulustigen mussten unbedingt entfernt werden.

»Alle raus hier!«, befahl Black nun laut. Er hatte sofort das Kommando übernommen. Dann fragte er den Angestellten.

»Haben Sie etwas angefasst? Wer hat den Mann gefunden? Wer war alles bereits hier?«

»Ich habe ihn gefunden, Sir! Mr. Perry hatte mir gesagt, ich solle ihm ausrichten, dass er verschwinden soll. Ich weiß nicht, wer hier war. Eine Dame, glaube ich, aber ich habe sie nur von hinten gesehen.«

»Eine Dame? Sind Sie sicher?«

»Sir! Ich muss schon sagen! Wer oder was befähigt

Sie dazu, hier Befehle zu geben? Das ist eine Sache der örtlichen Justiz!«, entrüstete sich nun Palmer, der ebenfalls in den Raum gekommen war.

»Das ist richtig, Sir. Aber ich und mein Kollege, Mr. Jenkins ermitteln bereits im Auftrag des Metropolitan Police Service hier in Bath in einem Mordfall. Und dieser Mord, und es ist eindeutig ein Mord, steht sehr wahrscheinlich im Zusammenhang mit unseren Ermittlungen!«, sagte Black ruhig aber bestimmt und zog ein Schreiben aus seiner Jackentasche, das ihn als Mitglied der Polizeitruppe auswies.

»Jegliche Behinderung unserer Tätigkeit könnte als Verstrickung in diese Tat gewertet werden.«

»Sie wissen anscheinend nicht, mit wem Sie es zu tun haben, Mister!«, sagte Palmer nun kämpferisch.

»Oh, doch, Sir! Sie haben sich ja bereits vorgestellt. Und Ihre Zeugenaussage wurde von mir selbst dokumentiert.«

Palmer stampfte wutschnaubend mit dem Fuß auf, drehte sich um und verließ den Raum. Im Hinausgehen sagte er noch:

»Das wird Ihnen noch leid tun!«

Black rollte nur mit Augen.

»Wie oft ich das schon gehört habe...«, murmelte er.

»Mortimer! Wir brauchen Collins hier. Das war Ry-

ker, eindeutig. Ich glaube, er hat sich als Frau verkleidet. Zugegeben, das habe ich nicht erwartet.«

»Es liegt auf der Hand. Er wird seine Tarnung immer
wieder ändern. Doch nun müssen wir ihn jagen. Sehr
weit kann er nicht sein, Ben. Die Wunden sind sehr
frisch, das Blut ist noch nicht geronnen. Du musst ihm
hinterher! Nur Du kannst ihn identifizieren. Ich lasse
den Chief Inspector und den Richter hierherkommen
und passe auf Mrs. Jenkins auf. Los jetzt!«

Ben drängte sich durch die Menge. Der Angestell-
te hatte gesagt, die Dame wäre zum vorderen Ausgang hinaus. Dorthin begab sich auch Ben. Die meisten Konzertbesucher waren bereits weggefahren. Sollte die Dame eine Droschke genommen haben, hatte
sie vielleicht einer der anderen Kutscher gesehen. Ben
ging sofort zu dem nächsten Kutscher und fragte ihn
nach einer einzelnen Dame, die bereits abgefahren sei.
Doch der Mann war gerade erst angekommen. Ben sah
sich um und entdeckte einen Türsteher, der den Herrschaften die Türe des Konzerthauses aufhielt. An ihm
musste die Dame vorbeigekommen sein. Der Mann gab
bereitwillig Auskunft. Ja, eine einzelne ältere Dame sei
vor allen anderen herausgekommen. Sie sei sehr in Eile gewesen und mit hoch gerafften Röcken die Trep-
pen hinuntergelaufen. Nicht gerade eine Schönheit sei

die Frau gewesen. Dann sei sie in eine bereitstehende Kutsche gestiegen. Auffälligerweise habe die Kutsche einen hölzernen Zierstrauß mitten auf dem Dach gehabt. Allerdings habe das Gefährt etwas heruntergekommen ausgesehen.

»Wohin ist die Kutsche gefahren?«, fragte Ben aufgeregt. Er war auf der richtigen Spur.

»Na, in die Richtung. Stadtzentrum.«, sagte der Mann und zeigte in Richtung Bath.

Ben rannte zurück zu dem Kutscher, der auf Kunden wartete.

»Los, fahren Sie mich ins Zentrum. So schnell wie möglich! Ich zahle das Doppelte!«

»Das hör ich gerne!« rief der Mann und gab seinem Pferd die Peitsche, als Ben in der Kutsche saß.

Ben wußte, dass Ryker nun mindestens eine halbe Stunde Vorsprung haben musste. Aber trotzdem wollte er versuchen, ihn irgendwie einzuholen. Bath war nicht London. Die Kutsche musste hier zu finden sein.

Inzwischen hatte Black einen Boten zu Collins in die Herberge geschickt. Ganz wohl war ihm nicht bei der Entscheidung gewesen, Ben alleine losziehen zu lassen. Aber es hatte keine andere Wahl gegeben.

Molly indes war bestürzt, als sie von Margrets Tod erfuhr. Das Ryker dahinter steckte war immer klarer geworden, auch wenn es noch keine Beweise dafür gab.

Ryker war es immer wieder gelungen, unverhofft zuzuschlagen. Warum er nun Pimble getötet hatte, war ganz klar. Pimble hätte ihn wiedererkennen können. Das lag nahe, denn Ryker ließ keine Zeugen am Leben. Während Mortimer Black Molly das erzählte, kam im in den Sinn, dass dies alles auch nur einem Zwecke dienen konnte. Er stockte in seiner Erzählung.

»Was ist los, Mister Black? Warum erzählen Sie nicht weiter?«, fragte Molly.

»Ich, äh, ich muss sehen, wo Collins bleibt. Entschuldigen Sie mich, bitte...«, sagte er und ging vor die Türe.

Konnte es sein, dass diese Sache hier, so grausam und gemein sie war, nur eine perfide Art und weise war, Ben eine Falle zu stellen? Black kannte Ryker nur aus den Protokollen und Berichten. Konnte ein Mensch so hintertrieben agieren, dass er sogar Leichen als Spuren in den Hinterhalt legte?

»Mister Black?«, drang Mollys Stimme zu ihm.

»Ich komme, Mrs Jenkins! Ich müsste noch wissen, wo Sie sich in den letzten beiden Tagen aufgehalten haben. Immerhin scheint Ihre Dienerin an Ihrer Stelle ermordet worden zu sein. Sie trug Ihr Kleid und sie sieht, ich meine, sah Ihnen nicht unähnlich.«

»Ich..., das kann ich Ihnen nicht sagen!«, sagte Molly zögerlich.

»Warum nicht? Verstehen Sie doch, wir müssen Sie als Verdächtige ausschließen. Bitte, sagen Sie uns den Aufenthaltsort der letzten Tage. Und benennen Sie etwaige Zeugen. Dann ist doch alles kein Problem.«

»Das geht nicht! Sie müssen das verstehen. Ich kann Ihnen weder sagen, wo ich war, noch mit wem. Es geht einfach nicht!«, flehte Ihn die Künstlerin an.

Black sah Molly streng an.

»Also gut. Lassen Sie es mich verstehen. Sie fürchten, jemanden zu kompromittieren?«

»Nein! Doch! Bitte, fragen Sie nicht weiter!«

»Wo waren Sie, Mrs. Jenkins? Sie müssen uns helfen. Es kommt doch irgendwann alles ans Licht!«

»Ich sage es nur Ben!«

»Er ist Ihr Ehemann. Ihm gegenüber ist eine Zeugenaussage nicht relevant. Er ist befangen. Vor Gericht hätte dies keinen Bestand!«

Molly zögerte.

»Mr. Black. Wenn ich sie einweihe, bringe ich Sie und mich in Gefahr. Glauben Sie mir, es gibt einflussreiche Persönlichkeiten, die Ihre und meine, Bens und auch die Karriere von Mr. Collins zerstören können. Sie dürfen niemals, verstehen Sie, unter keinen Umständen mit diesen Vorgängen in Verbindung gebracht werden.«

»Madame! Die Gerechtigkeit und das Gesetz schützen uns. Es gilt für alle Untertanen seiner Majestät!«

»Wo leben Sie denn, Black? In dieser Welt jedenfalls nicht!«

»Molly! Zum letzten Mal! Was haben Sie die letzten beiden Tage gemacht?«

Mollys Gesicht wurde rot.

»Verdammt, Black! Ich war bei einer Engelmacherin! Ich war schwanger, jetzt ist das Kind weg! Und das Kind war nicht von Ben, wie man unschwer errechnen kann. Wenn Sie auch nur ein Wort davon weitergeben, werden einflussreiche Persönlichkeiten auf Sie aufmerksam werden. Und zwar im schlechtesten Sinne!«

»Name und Wohnort der Frau!«

»Scherern Sie sich zum Teufel, Black! Die Frau würde verurteilt werden. Ich kenne ihren Namen nicht. Und ich wurde in einer verhüllten Kutsche hingebracht. Selbst wenn ich es wollte, ich könnte es Ihnen nicht sagen!«

Molly war während des Gespräches immer wütender geworden. Was fiel diesem Bastard ein? Sie, die gefeierte Künstlerin Marian Wallace so anzugehen und unter Druck zu setzen. Das würde Lord Radnor nicht gefallen. Beim Gedanken daran entspannten sich Ihre Gesichtszüge. Kalt fügte sie hinzu:

»Das Gespräch ist beendet! Ich wäre nun gerne allein!«

Mortimer Black sah sie fassungslos an. Ihm kam es vor, als hätte er mit zwei Personen gesprochen.

»Ich bin für Ihre Unversehrtheit verantwortlich. Sie werden verstehen, dass ich Ihnen nicht von der Seite weiche!«, sagte er schließlich ernst.

»Bei allem Respekt! Ich möchte mich umziehen, Sir! Wenn sie mich dabei unbedingt beobachten wollen...«

Black schluckte.

»Also gut, Madame. Ich warte vor der Türe. Dieser Raum hat kein Fenster, Sie sind also in Sicherheit.«

Er trat vor die Türe. Black musste auf Collins warten. Wo blieb der denn? Schon vor einer Stunde hatte er nach seinem Chief geschickt.

Marian Wallace griff nach dem Krug unter dem Tisch. Als sie merkte, dass er leer war, fluchte sie und schleuderte ihn wutentbrannt in die Ecke.

Ben hatte, nachdem er den Marktplatz von Bath erreichte, in allen Seitenstraßen nach Droschken mit dem beschriebenen Zierrat gesucht. Da nur der Platz selbst mit einer Straßenlaterne beleuchtet war, war dies bei Nacht fast aussichtslos. Ryker war abermals entwischt. Ben setzte sich unter die Laterne. Er war todmüde.

In der Schenke auf der anderen Seite des Platzes herrschte noch reger Betrieb. Dort verkehrten womöglich Fuhrleute, oder gar ortsansässige Kutscher, dachte der Anglo-Ire. Er beschloss, dort einen letzten Versuch zu starten, die Spur des Kutschers zu finden. Er rappelte sich auf und ging hin. Als er eintrat, schenkte ihm kaum jemand Beachtung. Es war sehr unübersichtlich in den überfüllten Lokal und die Beleuchtung war spärlich. Ben ging von Tisch zu Tisch und fragte nach einer Droschke mit dem besagten Dachschmuck.

»So ein Ding fährt nur Will Hunter, Sir. Aber den hab' ich seit Tagen nicht gesehen. Wenn Sie mich fragen, ist mit Willie nicht mehr viel los.«, sagte schließlich ein Mann, der mit drei anderen an einem Tisch saß.

»Kann nich' sein, Harry. Ich hab seine Kutsche erst heute Abend gesehn. Hat 'ne Lady chauffiert.«

»Ne' Lady steigt doch nicht zu dirty Willie in die Kutsche, Matt! Hahaha!«

Die Männer hatten sichtlich schon einiges intus.

»Sagen Sie, wo finde ich diesen Mr. Hunter?«, fragte Ben nun aufgeregt, denn nun hatte er doch noch eine heiße Spur.

»Mr. Hunter liegt wahrscheinlich besoffen in seinem Bett!«, brüllte der Mann, den sie Harry nannten. Wieder lachten alle.

»Ich gebe Ihnen ein Sixpence-Stück, wenn Sie mich zu ihm bringen, Gentlemen!«

»Oho! Six pence! Die will ich vorher sehen!«

Ben kramte das letzte Geldstück aus seiner Tasche und hielt es zwischen Daumen und Zeigefinger.

»Hier. Aber zuerst gehen wir zu diesem Mr. Hunter!«

»Sie sind der Boss, Jungchen!« rief Matt, »Los Jungs, austrinken und mitkommen! Das wird sicher lustig!«

Ben wäre es lieber gewesen, das unverhoffte Gefolge auf eine Person zu begrenzen, aber plötzlich hatte er die gesamte Runde im Schlepptau. Laut grölend und johlend machten sie sich auf den Weg durch die Nacht. Vom Wirt hatte sich der junge Polizist noch eine kleine Laterne mit einer Kerze ausgeliehen. Dafür hatte er seinen Hut als Pfand hinterlassen müssen. Die Straßen und Gassen waren kaum beleuchtet. Nach etwa einer Viertelstunde hatte die Gruppe ein heruntergekommenes Hinterhaus mit einem Kutschenunterstand erreicht. Das gesuchte Fahrzeug war tatsächlich hier. Ein Pferd jedoch fehlte.

»So, Jungchen. Da oben pennt dirty Willie! Und nun her mit der Münze!«

»Wo ist denn das Pferd?«, fragte Ben.

»Keine Ahnung. Vielleicht hat er es schon versoffen?«

Wieder gröle die Bande. Im Nachbarhaus ging ein Fensterladen auf und eine ältere Frau schrie die Männer an, sie sollten Ruhe geben, mitten in der Nacht.

»Ihr versoffen Kerle! Schämt Ihr Euch nicht, rechtschaffene Bürger um den Schlaf zu bringen? Verschwindet, oder Ihr könnt was erleben!«

»Huuu! Jetzt wird's gefährlich, Männer!«, sagte Matt theatralisch. Er wankte so stark, dass er drohte umzufallen. Wieder lachten die anderen.

»Komm' doch zu uns herunter, meine Schöne! Wir könnten noch ein bisschen Spaß zusammen haben!«

Unter dem Johlen und Gelächter der Trunkenbolde schlug die Frau ihre Fensterläden wieder zu.

Ben fasste sich ein Herz und ging die wackelige Treppe zur Kutscherstube hinauf. Die Türe war nicht verriegelt und nur angelehnt. Ben klopfte an und ging hinein. Es stank fürchterlich. Im schwachen Schein der Laterne erkannte Ben einen Tisch und weiter hinten im Zimmer ein Bett. Den Schmutz hier drinnen konnte er bei dieser Beleuchtung nur erahnen. Im Bett schien eine Person zu liegen. Ben horchte, ob er ein Schnarchen oder Atmen hören konnte. Doch es war still. Viel zu still. Ben ging zum Bett. Er schüttelte den Körper. Den Körper eines Mannes. Doch er war seit Tagen tot. Entsetzt schreckte Ben zurück. Dabei stieß er gegen den Tisch, vom dem Krüge und leere Flaschen rollten. Mit lautem Scheppern zerbrachen die Gefäße.

Die Männer unten lachten und lärmten wieder.

»Psst, Jungchen, Du weckst noch Tote auf!«

Ben stürmte die Treppe hinunter.

»Verdammt! Der Mann ist tot! Holt den Richter. Ich glaube, er wurde ermordet!«

»Was? Wer sagt das? Der pennt doch nur!«, sagte Matt.

»Dann gehen Sie selbst hinauf! Jemand muss die Polizei verständigen!«, sagte Ben

Der Mann namens Matt winkte ab. Er schnappte sich die Laterne, torkelte zur Treppe und murmelte vor sich hin.

»Der Junge spinnt doch!«

Die anderen machten immernoch ihre Späße.

»Pass auf, Matt! Sonnst knallst Du noch hin!«

In der Tat fiel der Mann zweimal auf der Treppe hin, richtet sich aber jedes Mal wieder auf und zeigte durch ein Winken, dass er unverletzt war. Wie durch ein Wunder war die Laterne unversehrt geblieben und das Licht brannte weiter.

Ben schüttelte nur den Kopf. Ohne die Laterne konnte sich Ben die Kutsche nicht genau besehen. Trotzdem öffnete er den Verschlag und wagte einen Blick ins Innere.

»Oh, mein Gott!«, entfuhr es ihm, »Hier ist noch eine Leiche!«

Die Männer hörten auf zu feixen und kamen näher. Im Inneren der Kutsche lag ein großer Mann, der anscheinenden mit etlichen Stichen niedergestreckt worden war.

Kurz darauf kam Matt mit der Laterne zurück. Auch ihm war der Spaß vergangen.

»Männer! Willie ist tot! Der Junge hatte recht....«

Als Matt zur Kutsche kam und ins Innere leuchtete, erkannte Ben den Boten James Fillbings, der zu ihm nach London gekommen war. Überall im Wagen war Blut. Auf die gegenüberliegenden Sitzbank war ein dunkles Kleid geworfen worden. Auch dieses schien mit Blut verschmiert zu sein.

Nach einigen Schrecksekunden begannen die Männer wild zu diskutieren. Ben sah sich indes hilflos um. Die beiden einzigen Spuren waren zusammengetroffen und gleich wieder zunichtegemacht worden. Ohne Zweifel:

Ryker hatte wiederum alle Zeugen und Mittäter besei-
tigt. Nun war er bestimmt über alle Berge.

Aus einem sicheren Versteck heraus beobachtete ein
Augenpaar die Szene. Es gehörte zu Ryker, der sich
sehr über die verpasste Möglichkeit ärgerte, mit Jenkins abzurechnen. Die Hoffnung, dass er alleine hierherkommen würde und in diese improvisierte Falle tappte, hatte sich nicht erfüllt. Dennoch entschied er sich
abzuwarten, ob sich heute Nacht noch eine Gelegenheit zuzuschlagen böte. Fillbings hatte versagt, Molly
war immernoch am Leben. Doch wenigstens war Jenkins hierher gekommen. Leider eben nicht alleine. Vier
Mann als Begleitung waren einfach zuviel für einen
Überraschungsangriff. Auch hatte Ryker keine Pistole dabei, um Jenkins aus der Distanz zu erschießen.
Auf zwanzig Schritt Entfernung hätte er ihn durchaus
tödlich treffen können. Ein Schuss und eine soforti-
ge Flucht in die Nacht wäre noch eine Option gewesen. Ryker entschloss, sich nun doch besser zu entfernen. Er zog sich langsam in die dunkle Gasse zurück.
Nun hatte er nur noch das, was er bei sich trug. Einen
schlecht sitzenden, altmodischen Anzug samt Hut und
Halbschuhen aus dem Nachlass Frasers, einige Gold-

münzen und das Messer, mit dem er Fillbings erledigt hatte. Obwohl ihm dieser körperlich überlegen gewesen war, hatte er sich kaum gewehrt, was wahrscheinlich an dem ersten unerwarteten Stich in den Hals lag, der für sich alleine schon tödlich gewesen wäre. Trotzdem war Ryker auf Nummer sicher gegangen und hatte viele Male zugestochen, bis sich der Bote und Kutscher nicht mehr rührte.

Ryker war klar, er musste Bath schnellstens verlassen. Dieser verdammte Collins war auch schon angekommen und hatte mindestens einen seiner Männer aus London mitgebracht. Die Täuschung als verstorbener Häftling war dahin. Und wenn Collins, Jenkins und deren Leute gut recherchierten, würden sie seine Gastgeberin, die Witwe Fraser, bald ausfindig gemacht haben. Nur, ohne Geld würde seine Flucht bald enden.

Ben war sich indes unschlüssig, was er nun tun sollte. Eigentlich drängte es ihn zu Molly, aber er wußte, dass er zunächst Collins Bericht erstatten musste. Sicherlich war Ryker noch nicht weit. Doch bei Nacht und alleine und ohne Anhaltspunkt, wohin er geflüchtet war, gab es keine Aussicht auf Erfolg. Ben bat den Mann, den die anderen Matt nannten, mit ihm zu Collin's Gasthaus »Three Lions« zu gehen, alleine würde er den Weg jetzt nicht finden. Dieser Matt war glücklicherweise ortskundig und so gelangten die beiden nach kurzer Zeit in die Herberge. Doch der Chief Superintendent war nicht mehr da. Black hatte ihn bereits benachrichtigt. Umsichtig wie Collins war, hatte er eine Botschaft für Ben hinterlassen. Matt war wenig begeistert, dass er Ben nun auch noch nach Prior Park House begleiten sollte. Ben brauchte unbedingt seine Hilfe, ansonsten hätte er auch den Weg nicht mehr so schnell wiedergefunden. Eine Droschke konnte sich Ben nicht mehr leisten, sein Geld war schon wieder aufgebraucht.

Das war es! Auch Ryker musste irgendwie Geldreserven haben, oder neue Geldquellen generieren. Wie konnte er das bewerkstelligen? Ben erinnerte sich an die hohen Gewinne, die Ryker in Dublin beim Whist erzielt hatte. Er war ein exzellenter Spieler. Mit relativ geringem Einsatz konnte ein guter Spieler sein Geld in wenigen Stunden vervielfachen. Man müsste nur herausfinden, wo hier Leute der besseren Gesellschaft spielten. Wer sollte das besser wissen als ein Kutscher, den die Sommergäste bestimmt öfter nach solchen Gelegenheiten fragten.

»Matt, sagen Sie, wohin geht ein Gentlemen der besseren Gesellschaft, wenn er abends Zerstreuung sucht?«

»Aha! Sie suchen eine Unterkunft mit garniertem Bett!«, sagte der Kutscher mit einem süffisanten Grinsen.

»Wie? Wie garniert? Äh, nein, ich meinte zum Spielen. Zum Beispiel Whist.«

»Ach so. Das läuft hier in Bath meistens privat ab. Die besten Salons der Gesellschaft hier sind bekannt. Ich könnte Ihnen einige nennen.«

»Ja? Dann bitte! Wohin würde ein, sagen wir, Mann mittleren Alters zum Whist gehen?«

»Nun, ja, wissen Sie, eine solche Information hat einen Preis. Ich würde sagen, noch einmal sechs Pennies.«

Ben sah den Mann an. Natürlich. Wieso sollte er bei ihm eine Ausnahme machen? Doch Ben war im Moment nicht flüssig, er würde Collins um etwas Geld bitten müssen.

»Hören Sie, Matt. Es geht hier um Leben und Tod! Sie haben gesehen, wozu der Mann, den ich jage fähig ist. Ich muss ihn finden!«

»Gerade wollten Sie aber noch wissen, wo man eine Partie Whist spielen kann. Ich kapier' das nicht...« Es war bereits weit nach Mitternacht und der viele Alkohol zeigte nun bei dem Mann eine stark ermüdende Wirkung.

»Hören Sie, Jenkins. Können wir nicht etwas ausruhen und morgen weiter suchen? Ich bin mir sicher, Ihr Mörder gönnt sich heute Nacht auch noch ein Päuschen.«

Er setzte sich auf eine niedrige Mauer.

»Nein, verdammt! Kommen Sie weiter! Und sagen Sie mir, wo gespielt wird! Ich brauche die Adressen sofort!«

Ben packte den Mann am Arm und zog ihn weiter. In diesem Moment kam ihnen eine Droschke entgegen. Ben hielt die Laterne hoch, um sie aufzuhalten. Er nahm all seine Mut zusammen.

»Halt! Im Namen des Königs!«, rief er dem Kutscher entgegen.

Der Droschkenführer riss an den Zügeln und brachte das Gefährt zum stehen. Das Pferd schnaubte und sah Ben mit erschrockenen Augen an. Kurz scheute es. Doch Ben packte das Zaumzeug und rief abermals den Kutscher an.

»Lassen Sie Ihre Fahrgäste aussteigen! Hiermit beschlagnahme ich diese Kutsche im Namen der Metropolitan Police!«

»Hoooh!«, versuchte der Mann auf dem Bock sein Pferd zu beruhigen, »Bist Du wahnsinnig, Junge?«, schrie er ihn an.

Da ging die Türe zum Fahrgastraum auf und ein Mann steckte seinen Kopf hinaus.

»Jenkins! Gott sei Dank! Sie müssen dieses Gefährt nicht requirieren! Das habe ich bereits getan!«, rief Collins, »Steigen Sie ein! Wir sind Ryker auf der Spur!«

»Jawohl, Sir! Aber.., wo ist Molly?«

»Ich bin hier, Ben. In der Kutsche!«, antwortete seine Ehefrau.

Ben fiel ein Stein vom Herzen. Sie mussten zusammenbleiben, um sie nicht wieder in Gefahr zu bringen. Ben packte den betrunkenen Matt und zerrte ihn ebenfalls in den Wagen.

»Ein wichtiger Zeuge, Sir. Er kann uns sagen, wo man Whist spielt. Ryker ist ein hervorragender Spieler und ich vermute, dass er so seinen Unterhalt finanziert.«

»Das ist genial, Jenkins! Wir suchen noch heute alle Adressen ab, die der Mann weiß!«, antwortete Collins.

»Wir gehen davon aus, dass ein Mann in Frauenkleidern den Mord an Pimble verübt hat. Womöglich steckte Pimble mit Ryker unter einer Decke. Zumindest hätte Pimble ihn identifizieren können. Das war Grund genug für Ryker, ihn zu töten.«, fügte nun Black hinzu.

Ben nickte.

»Das stimmt. Ich habe die Kleider, die er trug, in einer Kutsche entdeckt. Zusammen mit zwei weiteren Leichen, die sicher auch auf Rykers Konto gehen. Doch wir können uns nicht damit aufhalten, den Tatort jetzt bei Nacht zu untersuchen. Wir müssen Ryker jagen!«

»Trotzdem muss ein Richter und seine Gehilfen zu diesem Tatort. So lautete die Vorschrift.«, meinte Collins.

»Sir, das habe ich längst veranlasst!«

16 Soiree

»Gewonnen! Ha! Wieder gewonnen!«, triumphierte der junge Spieler am Tisch der Gastgeberin.

»Sie haben ein außergewöhnliches Talent, Mr. Callahan. Ich muss schon sagen. Drei Robber hintereinander. Wie machen Sie das?«

»Nun, Madame, es ist kein Geheimnis. Ich merke mir alle Karten, die gespielt wurden. Daraus resultiert eine Wahrscheinlichkeit, wer noch welches Blatt auf der Hand hat. Es ist eigentlich nur Mathematik. Und natürlich auch etwas Glück, das gebe ich zu.«

»Tatsächlich! Und auch ein etwas Leichtsinnigkeit der anderen Spieler wegen des guten Weines der Gastgeberin, nehme ich an?«

»Nun, Madame, vermutlich auch das«, lächelte Callahan.

Die anderen beiden Spieler war keine schlechten Verlierer, man hatte schließlich nicht um sehr hohe Summen gespielt. Aufregend und spannend genug waren die Partien allemal gewesen. Nicht wenige der anwesenden Gäste hatten sich um den Tisch geschart und die vier Spieler beobachtet. Jeder, der zum Partner Callahans geworden war, hatte mit ihm gewonnen. Unterm Strich war aber er derjenige, der den höchsten Gewinn an diesem Abend eingestrichen hatte.

»Na, schade, dass Major Glover heute nicht hier ist. Er wäre ein ebenbürtiger Gegner für Sie, Mr. Callahan.«, meinte die Gastgeberin nach dem letzten Spiel.

»Nun, Mylady, ich hätte mich sehr gefreut. Schließlich erzählten Sie mir von dem Mann, als sei er ein wahres Ass beim Kartenspiel. Ich hätte mich zu gerne mit ihm gemessen.«

Der Abend nach dem Konzert war wie gewohnt verlaufen. Die geladenen Gäste von Lady Hazelwood, einer sehr wohlhabenden Gräfin, waren nach und nach zu ihrer Soiree eingetroffen. Bei gepflegter Konversation und verschiedenen Glücksspielen traf sich die feine Gesellschaft regelmäßig zu dieser Art von Abendunterhaltung. Dies diente natürlich hauptsächlich dem Ausbau der gesellschaftlichen Stellung der Gastgeberin. Mr. Callahan war durch Protegierung eines Lords hier eingeführt worden, der ihn als Talent förderte. Heute war dieser Lord nicht anwesend, und Callahan nutzte die Gelegenheit, die reichen Adligen um etwas von ihrem Spielgeld zu erleichtern.

Es waren etwa 30 Personen anwesend, darunter viele Kurgäste. Doch alle hatten eines gemeinsam: Sie waren ausnahmslos mit dem goldenen Löffel im Mund geboren. Nur Callahan war eine Ausnahme.

Während sich Lady Hazelwood noch mit ihm unterhielt, flüstere ihr ein Diener etwas zu.

»Oh, mein lieber junger Freund. Ich erfahre gerade, dass sich ihr Wunsch erfüllt. Major Glover ist soeben eingetroffen. Warten Sie, ich mache Sie bekannt.«

Ein Mann mittleren Alters in einem nicht gerade gut sitzenden Anzug kam an den Tisch. Noch dazu schien der Gehrock fleckig zu sein. Es war niemand anderes als Horatio Ryker.

»Mylady, ich bin untröstlich. Bitte entschuldigen Sie meine Verspätung.«

»Aber nicht doch, mein lieber Major. Wo haben Sie denn Ihre Uniform gelassen? Ich hätte Sie beinahe nicht erkannt.«

»Ich, äh, ja nun..., ich habe meinen Abschied vom Militär genommen. Die Gesundheit, wissen Sie?«, gab der Mann etwas verlegen zurück.

»Ach, so?«, sagte die Adelige etwas unverständig, »Nun, darf ich vorstellen? Mr. Henry Callahan, ein sehr verheißungsvolles Talent. Er kommt auf Empfehlung Lord Bottneys.«

Dieser war aufgesprungen und verneigte sich.

»Major Glover, Sir? Ich freue mich außerordentlich, Ihre Bekanntschaft zu machen. Ich habe schon viel von Ihnen gehört!«

»Guten Abend, Sir.«, erwiderte der Mann. Dabei fixierte er den jungen Geck misstrauisch. Ein Ziehsohn Bottneys? Das konnte alles und nichts bedeuten, jedoch bestimmt keine Armut.

»Mr. Callahan, hat soeben drei Robber hintereinander gewonnen, Major. Stellen Sie sich das vor. Man könnte meinen, er ziehe die Asse magisch an. Machen Sie uns die Freude und spielen Sie eine Partie mit uns. Ich würde ebenfalls gerne einsteigen. Wenn ich einen von ihnen als Partner lose, könnte ich meine Verluste heute Abend etwas ausgleichen!«, sagte die Hausherrin mit einem Lächeln. Natürlich war es ihr egal, ob sie verlor oder gewann. Selbst hohe Verluste beim Whist waren für sie doch nur Kleingeld. Es ging um den Nervenkitzel.

»Mit dem größten Vergnügen«, log Ryker. Ein talentierter Spieler würde es ihm schwer machen hier den erhofften schnellen Gewinn zu machen. Es konnte die halbe Nacht dauern, bis er sich ein paar Pfund für seine Flucht erspielt hatte. Drei Robber. Das war sehr gut. Aber dieses Glück hatte er auch schon des Öfteren gehabt. Einen vierten in Folge zu gewinnen war extrem unwahrscheinlich.

Lady Hazelwood und der neue Gast nahmen gegenüber Platz, denn das Los hatte sie als Partner bestimmt. Die Lady blinzelte ihm zu, was er mit einem verschwörerischen Nicken beantwortete.

Der junge Herausforderer bekam einen Spieler als Gegenüber, den Glover bereits kannte. Auch gegen ihn hatte er schon einmal den kürzeren gezogen.

»Mr. Snyder. Sie sind Arzt, wenn ich mich recht erinnere? Wir hatten bereits das Vergnügen. Somit ist das eine hochkarätige Partie. Ich bin sehr erfreut.«, bemerkte Ryker.

»Oh, die Freude ist ganz meinerseits, Major. Auf eine anregende Partie«, antwortete der Arzt und erhob sein Glas.

Auch Ryker erhielt ein Glas von einem Diener und sie stießen an.

Das Spiel wogte hin und her, beide Teams sammelten Punkte, ohne dass sich zu Beginn erkennen ließ zu welcher Seite das Pendel des Glücks ausschlug. Der nächste Robber ging an wieder an Callahan. Sollte nun eine Auszahlung verlangt werden, würde Ryker seine letzten Reserven verlieren. Ryker bewunderte und verfluchte innerlich die Souveränität, mit der dieser junge Callahan spielte. Ryker hätte einen solchen dicken Fisch an der Angel das erste Spiel gewinnen lassen, um ihn anzuködern. Doch heute hatte er trotz aller List bereits das erste Spiel verloren. Was sollte er tun? Das nächste Spiel konnte sein Schicksal besiegeln. Eventuell würde er sich mit einem Schuldschein aus der Affaire ziehen. Aber das war sehr riskant. Ryker begann zu schwitzen.

»Was ist mit Ihnen, Major«, fragte Lady Hazelwood besorgt, die ihrem Gast das Unwohlsein ansah.

»Oh, nichts weiter, Mylady. Machen Sie sich keine Sorgen. Wie ich sagte, wegen dieser kleinen Unpässlichkeiten habe ich meinen Abschied genommen. Stellen Sie sich vor, ein Soldat seiner Majestät kommt wegen eines verlorenen Robbers ins Schwitzen. Was soll man mit dem bei einer Schlacht machen?«, versuchte Ryker zu witzeln.

Die Adelige lachte gekünstelt. Callahan lächelte nur milde.

»Kommen Sie doch bei Gelegenheit bei mir vorbei, Major. Vielleicht kann ich Ihnen helfen«, sagte Doktor Snyder hilfsbereit.

»Vielen Dank für das Angebot, Doktor. Ich werde bei Gelegenheit darauf zurück kommen. Aber nun lassen Sie uns neu losen, falls Sie bereit sind, noch eine Partie zu wagen.«

Das neue Los fiel auf Callahan und den Major. Die beiden machten in den nächsten Partien kurzen Prozess mit der Gastgeberin und dem Doktor.

»Fünf Shilling für Sie, fünf für mich, Major. Nicht schlecht. Das ist ein guter Gewinn. Möchten Sie weitermachen?«

»Oh, mit dem größten Vergnügen. Ich meine, falls unsere werten Mitspieler noch Lust haben?«

Snyder zog sich aus der Affaire.

»Lady Hazelwood, Gentlemen. Ich habe nun 4 Robber verloren, das Glück ist mir heute nicht hold. Es war mir trotzdem eine Freude, mit so herausragenden Persönlichkeiten zu spielen. Für heute möchte ich mich verabschieden.«

Die Runde erhob sich. Es wurden noch Freundlichkeiten zum Abschied ausgetauscht, und der Doktor verabschiedete sich.

Nun wendete sich Lady Hazelwood an ihre Gäste:

»In der Tat, Ladys und Gentlemen. 4 Robber in Folge zu verlieren ist wahrlich großes Pech. Aber wenn ich recht mitgezählt habe, dann haben Sie nun 7 Robber in Folge gewonnen, lieber Mr. Callahan. Auch ich möchte mich nun zurückziehen. Ich danke Ihnen allen für Ihren

Besuch. Ich wünsche noch einen guten Nachhauseweg und eine gute Nacht.«

Das war das Ende dieser Soiree. Die Gastgeberin gab so zu verstehen, dass die Gäste nun ebenfalls zu gehen hatten.

»Du liebe Güte, drei Uhr! Wie schnell die Zeit bei einer guten Partie doch vergeht. Ich werde mich nun auch verabschieden. Major Glover, es hat mich gefreut.«, verabschiedete sich auch Callahan.

Ryker hatte genauso viel verloren, wie er gewonnen hatte. Sein Plan war gescheitert. Er brauchte dringend Geld.

»Mr. Callahan, darf ich Sie begleiten? Vielmehr, eine Bitte, würden Sie mich begleiten? Ich bin etwas wackelig auf den Beinen und würde ungern alleine zu meiner Unterkunft gehen. Natürlich nur, wenn es Ihnen keine Umstände bereitet.«

»Nun, Sir, das ist doch selbstverständlich. Wir können uns eine Droschke teilen. Was halten Sie davon?«

»Ach, so? Ich dachte an einen kleinen Spaziergang. Frische Luft tut Wunder.«

»Nun, ich habe nichts dagegen, wenn sie sich im Stande fühlen?«

»Die Bewegung wird mir gut tun. Das lange Sitzen und der schwere Wein wird doch am Besten durch einen kleinen Spaziergang verdaut.«

»Ha, ha. Sie reden wie der Doktor.«, lachte der junge Mann, »Natürlich begleite ich Sie. Wo logieren Sie denn?«

»Äh, bei der Witwe Fraser. Sie konnte mich heute nicht begleiten, wissen Sie? Nach dem Konzert wollte sie nach Hause. Hat sich etwas unwohl gefühlt, die Gute.«

Callahan wunderte sich etwas, dass der ansonsten wortkarg gebliebene Mann ihm nun die Abendunterhaltung seiner Herbergsgeberin erörterte.

»Ah, ja. Nun gut, dann lassen Sie uns aufbrechen. Es wird bald hell, und ich möchte nicht erst am Morgen zu Lord Bottney zurückkehren.«, sagte er etwas verlegen.

»Das wird nicht geschehen, das verspreche ich!«, lächelte Ryker.

17 Nächtlicher Besuch

Der Wirt des »Three Lions« war überhaupt nicht erfreut, dass schon wieder jemand zu so später Stunde nach diesem Londoner Beamten fragte. Erst eine halbe Stunde zuvor waren zwei sichtlich betrunkene Fuhrleute mit einer immens wichtigen Botschaft hier angekommen. Sie hätten beinahe das ganze Haus geweckt, wenn er ihnen nicht einen Becher Gin angeboten hätte, wenn sie gleich wieder verschwänden. Dieser Collins war dann sofort wieder aufgebrochen. Er hatte aber eine Nachricht hinterlassen, wo er zu finden sei. Der Mann, der diesmal gekommen war, war allerdings kein Unbekannter in Bath.

»Dr. Snyder? Sir, bei allem Respekt...«, begrüßte er den Mann.

»Guten Abend, Mr. Furbisher. Oder besser guten Morgen. Ich bin auf der Suche nach dem Chief Superintendent. Ist er hier?«

»Sir, hier ist die Hölle los. Andauernd fragt jemand

nach dem Mann. Irgendetwas ist im Gange. Nein, ich bedaure, er ist nicht da. Vor etwa einer halben Stunde wurde er abgeholt. Ich fürchte, es ging um einen weiteren Mord.«

»Was? Das ist ja die reinste Apokalypse! Ich muss dringend zu Collins. Wo ist er hin?«

»Das weiß ich nicht. Aber sein Gehilfe ist oben im Zimmer. Er ist aber nicht..., alleine.«

»Aha. Eine Dame?«

»In der Tat, Sir. Oh, nicht was Sie denken! Der Ehemann der Frau war auch schon hier. Auch er ist ein Mitarbeiter dieses Polizisten.«

»Mrs. Jenkins? Dann ist sie aufgetaucht? Ich muss zu den beiden. Würden Sie mich anmelden?«

»Sir, um diese Zeit? Es ist halb nach drei!«

»Ich fürchte, ja! Es geht um Leben und Tod, Mr. Furbisher!«

Der Wirt nickte zögerlich. An ihm sollte es nicht liegen. Er hatte sich damit abgefunden, dass er diese Nacht wohl kaum noch Schlaf finden würde. Zumindest hatte er es dieser Mrs. Jenkins ausreden können nach ihrer Ankunft hier mitten in der Nacht zu baden. Aber gleich am Morgen wollte sie es nachholen. So ein Unsinn. Die Frau war doch sauberer als sauber.

Er führte schlaftrunken den neuen Besucher nach

oben. Dabei versuchte er, so leise wir möglich zu sein. Leider stieß er aber gegen ein Tischchen vor einem der Zimmer. Die darauf stehende Kanne und Waschschüssel fiel zu Boden und zerbrach mit lautem Geschepper.

»Ruhe verdammt!«, rief einer der Gäste aus seinem Zimmer, »Ist hier denn die ganze Nacht Krach?«

Aus der Kammer von Collins sprang ein junger, mit einer Pistole bewaffneter Mann heraus und rief sogleich: »Hände hoch!«

»Ich bin es, Mr. Black. Bitte nehmen Sie die Waffe herunter. Und um Gottes Willen, seien Sie leise.«, flehte der Wirt, »Hier ist noch ein Besucher: Doktor Snyder.«

Mortimer Black hielt die Pistole sofort mit dem Lauf nach oben.

»Ich soll leise sein? Warum benehmen Sie sich dann wie eine Horde Elefanten?«, sagte er verdrossen.

Da kam der Nachbar aus seinem Zimmer.

»Gentlemen, ich muss doch sehr bitten! Was sind denn das für Sitten? Ich werde mich beim Wirt beschweren!«

»Nun, da steht er doch. Mr. Black, lassen Sie uns ins Zimmer gehen. Ich habe wichtige Neuigkeiten, die keinen Aufschub erlauben!«

Black bat den Arzt herein. Nachdem er zusammen

mit Molly hier von Collins uns Ben abgesetzt worden war, hatten sich diese zum neuen Tatort begeben. Dort wollten sie nach neuen Spuren suchen. Innen brannten Kerzen, es war ein sehr geräumiges Zimmer. Snyder war überrascht.

»Hübsches Zimmer, hätte ich gar nicht gedacht.«

«Nun, Doktor? Sie sind sicher nicht wegen des Zimmers hier. Was ist passiert?«

Snyder berichtete von seinen Erlebnissen bei der Soiree von Lady Hazelwood. Er hatte diesen Major genau beobachtet und genau gesehen, dass die Flecken auf seiner Weste nur Blut sein konnten. Auch die Hände des Mannes waren nur schlecht gewaschen und Nägel und Nagelbetten hatten rotbraune Ränder aufgewiesen.

»Sir, ich kenne mich aus im blutigen Gewerbe. Der Mann hatte aller Wahrscheinlichkeit nach Kontakt zu Blut. Und zwar zu nicht gerade wenig. Auch hat er sich ansonsten sehr seltsam verhalten.«

»Wie sah er aus?«, fragte nun eine Frauenstimme aus dem Dunkeln.

»Oh, Sie sind wach. Darf ich vorstellen? Mrs. Molly Jenkins, alias Marian Wallace! Mrs. Jenkins, das ist Doktor Snyder, einer der besten Mediziner hier in Bath.«

»Madame? Ich bin entzückt. Ich habe schon sehr viel von Ihnen gehört. Natürlich, äh von Miss Wallace.«

»Wie sah der Mann aus? Alt, jung, dick, dünn? Reden Sie!«

Snyder zog eine Augenbraue hoch. Was für eine Impertinenz! Oder hatte die Dame einfach nur extreme Angst?

Er räusperte sich und begann zu erzählen:

»Nun, Madame, der Mann war etwa mittelgroß, eher untersetzt. Schon über 50, würde ich sagen. Sein Haar war dünn, sehr kurz. Leichte Glatze am Hinterkopf. Ein rundliches Gesicht, eigentlich freundliche Augen. Aber er schien sehr angespannt. Lady Hazelwood war etwas enttäuscht von ihm. Ich hatte ihn schon vorher einmal gesehen, da trug er noch einen roten Uniformrock eines Majors. Damals war er immer stark gepudert im Gesicht und trug auch eine Perücke. Auffallend war damals ein Stock mit groteskem Entenkopf. Heute trug er jedoch Zivil. Einen schlecht sitzenden altmodischen Anzug. Er sagte heute, er habe seinen Abschied vom Militärdienst genommen.«

»Er ist kein Major. Das ist Horatio Ryker! Ein Betrüger und ein Mörder. Wo ist er?«

»Nun, er wollte nach Hause. Er bat einen gewissen Callahan, ihn zu begleiten.«

171

»Nach Hause?«, fragte nun Black.

»Ich nehme an, zu seiner Herbergsgeberin, einer Mrs. Frazer. Dort logiert er seit mehreren Wochen.«

»Wir müssen da sofort hin. Collins und Ben müssen verständigt werden. Sind Sie bewaffnet, Doktor?«

»Wie? Nein! Ich pflege Menschen zu heilen, nicht zu töten!«

»Hier, dann nehmen Sie diese Pistole!«, sagte Black zu Snyder, und reichte ihm eine der Waffen. Snyder fasste die Pistole mit spitzen Fingern an, als wäre sie eine faulige Frucht. Dann wendete sich der Polizist Molly zu:

»Mrs. Jenkins, Sie bleiben hier!«

»Einen Teufel werd' ich! Ich bin bewaffnet! Hier!«, entgegnete Molly barsch, hob ihren Rock hoch und zog eine kleine Pistole aus dem Strumpfband.

»Trotzdem, Sie sollten hier bleiben!«, sagte Black stirnrunzelnd, »So lautet die Anweisung von Chief Collins!«

»Niemals bleibe ich alleine hier! Was, wenn Ryker nur auf eine Gelegenheit wartet, mich hier zu töten? Ich gehe mit!«

Black sah Snyder hilflos an. Dieser zuckte mit den Schultern.

»Ihre Entscheidung!« sagte er nur.

Der junge Detektiv musste sich beugen. Molly hatte recht. Alleine war sie schutzlos. Ryker blieb unberechenbar.

»Nun gut. Wir nehmen eine Droschke, fahren zum letzten Tatort und dann zu Mrs. Frazer. Ich hoffe, dass wir schnell genug sind. Und ich hoffe, dass dieser Callahan die Nacht überlebt!«

18 Das Haus von Mrs. Fraser

»Wir müssen warten, bis es Tag wird, wenn wir diesen Tatort genau untersuchen wollen. Nur so können wir Beweise sammeln.«, sagte Collins zu Ben, der todmüde an einem Stützpfeiler des Kutschenunterstandes lehnte. Seit mehr als 40 Stunden war er wach. Das letzte mal hatte er in der Kutsche auf dem Weg von Londin nach Bath geschlafen.

»Sir, das ist natürlich richtig. Aber es gibt Ryker unendlich lange Vorsprung. Wir hatten ihn fast. Er war vor unseren Augen im Konzertsaal. Als Frau verkleidet. Nun ist er wieder auf der Flucht und wir haben keinen Anhaltspunkt, wohin. Aber die Schlinge zieht sich mehr und mehr zu. Er wird die Stadt verlassen, wenn er es nicht schon längst getan hat.«

»Sehr richtig. Darum habe ich nach jemanden geschickt, der diese armen Opfer untersucht. Wenn er

hier ist, kann er mit Richter Tanner hier weitermachen.«

»Das bedeutet, Sie haben noch eine Spur, Sir? Haben Sie eine Ahnung, wohin Ryker flüchten könnte?

»Nun, ich denke, es gibt von hier aus nur zwei Möglichkeiten für Ryker. Entweder nach London oder nach
Bristol. Von Bristol könnte er leicht nach Irland gelan-
gen. Ich gehe davon aus, dass er dort leichter unter-
tauchen kann als hier oder in London.«

»Also nach Bristol? Wenn wir uns irren, verlieren
wir seine Spur endgültig. Wie würde Ryker reisen?
Zu Fuß? Glaube ich kaum. Mit einem Pferd? Möglich, aber er war nie ein Reiter. Ich denke, dass er mit
der Palmerschen Postkutsche fährt. Das wäre schnell,
sicher und bequem und gar nicht mal so teuer. Palmer setzt seine Omnibusse, wie er sie nennt, äusserst
kosteneffektiv ein. Er unterhält eine Verbindung nach
Bristol«

»Ganz genau, Jenkins. Wir müssen aber trotzdem
damit rechnen, dass Ryker unsere nächsten Züge in
dieser Partie voraussieht. Genauso müssen wir andere
Möglichkeiten ins Auge fassen. Hat er hier ein Versteck? Er muss doch irgendwo gewohnt haben, in den
letzten Wochen.«

Ben und Collins wurden bei ihrer Besprechunng unterbrochen. Eine Droschke fuhr vor. Durch das offene Fenster öffnete jemand die Türe des Gefährts. Dann sprang Mortimer Black aus, und half einem weiteren Mann beim Aussteigen.

»Black? Was tun Sie hier? Sie sollten doch bei Molly...!«, rief Ben.

In diesem Moment sah er im Dämmerlicht, wie Molly zunächst ihren Kopf heraus reckte und dann ihren Rock aus dem Wageninneren schob.

»Ich bin natürlich auch hier. Du glaubst doch wohl nicht, dass ich alleine in dieser schäbigen Herberge geblieben wäre?«

»Molly, Gott sein Dank! Ich bin so froh.« sagte Ben und eilte ihr zu Hilfe.

»Wirklich? Warum hast Du mich dann mit dem da alleine gelassen?«, sagte sie abweisend, »Mr. Pimble hätte seine Künstlerin niemals im Stich gelassen.«

Ben erstarrte.Was war nur mit Molly los?«

»Ähem!«, räusperte sich Doktor Snyder, »Gentlemen, ich habe wichtige Nachrichten. Der Mann, den Sie suchen, war nach dem Konzert bei der Gesellschaft vom Lady Hazelwood. Er nannte sich Major Glover und war wahrscheinlich auf dem Weg zu seiner Unterkunft bei der Witwe Frazer.«

»Sind Sie sicher, Doktor? Wann war das genau?«

»Nun, Sir, etwa um 3 Uhr. Also vor etwa eineinhalb Stunden.«

»Wir müssen sofort hin! Das ist die Chance ihn zu fassen, bevor er Bath verlässt!«, rief Ben.

»Aber nicht alle zusammen. Wir müssen hier noch auf den Richter warten. Doktor, Sie müssen sich die beiden Leichen ansehen. Ich werde zu dieser Mrs. Frazer gehen. Kennen Sie ihre Adresse?«

»Natürlich. Ihr Mann war mein Patient. Aber, bei allem Respekt, Sir, Sie sollten nicht alleine gehen. Und alle zusammen passen Sie nicht in die Kutsche. Ich schlage vor, dass Mr. und Mrs. Jenkins hier bleiben. Sie konnten dann mit einer Droschke zurück in die Herberge fahren. Nehmen Sie doch ihren Assistenten mit.«

Collins musterte den Arzt. Er hatte zweifelsohne recht. Doch, konnte nicht auch er ein Komplize Rykers sein? Nur auf den Hinweis dieses Mannes die Schlagkraft seiner Truppe zu verkleinern und Ben und Molly wieder alleine in die Herberge, die bestimmt auch kein sicherer Ort mehr war, zurückzuschicken? Nein! Ryker war zu gerissen. Jetzt durfte man kein Risiko mehr eingehen.

»Zu gefährlich! Wir müssen zusammenbleiben. Gehen Sie hoch und sehen Sie, wozu dieser Mann im Stande ist. Und dann werfen Sie einen Blick in die Kutsche dort hinten.«

Snyder tat wie geheißen. Er blieb nur kurz oben.

Alle anderen stiegen in die Kutsche. Als der Doktor auch das Opfer in Willies Kutsche gesehen hatte trat er nocheinmal zu der Gesellschaft in der Droschke. Er rang um Fassung.

»Sir, ich bin erschüttert! Jedoch, zwischen diesen beiden Morden liegen viele Stunden, wenn nicht gar Tage. Genaues kann ich aber erst nach einer Untersuchung bei Tageslicht sagen.«

»Nun gut. Steigen Sie mit ein, Doktor. Mr. Black kann hinten auf dem Trittbrett fahren. Sagen Sie dem Kutscher, wohin wir müssen!«, sagte Collins befehlend.

»Sir, dieser Glover war nicht alleine, als er Lady Hazelwood verließ. Ich fürchte, er hatte sein nächstes Opfer bereits bei sich.«

»Und das sagen Sie erst jetzt?«, sagte Molly vorwurfsvoll.

Collins jedoch überhört einfach Mollys Kommentar.

»Oder einen Komplizen. Denken wir nicht zu eindimensional. Ryker tut das auch nicht.«

»Aha! Was kommt als Nächstes? Dass Ryker eine ganze Armee hat?«

»Molly, bitte, beruhige Dich. Das macht doch keinen Sinn, den Chief Superintendent so anzugehen. Du solltest ihm dankbar sein! Immerhin bist Du jetzt in Sicherheit.«

»Was? In Sicherheit? Das ist doch wohl die Höhe! Du, der Chief und sein Lakai dahinten konntet nicht verhindern, dass ein musikalisches Genie, mein Freund und Agent Thomas Pimble gestern brutal getötet worden ist. Noch dazu, während Ihr nur wenige Schritte entfernt dem Konzert zugehört habt! Nennt man das Sicherheit?«

Collins hob den Kopf. Sie hatte recht. Dennoch musste er etwas klarstellen.

»Madame, ich verstehe Ihre Wut. Aber machen Sie nicht uns verantwortlich, sondern den Mörder. Ryker hat diese Taten begangen. Wir können sie alle nachweisen. Wir jagen einen Mörder, Madame! Wie ein wildes Tier schlägt er nun um sich. Bisher hatte er die Kontrolle. So grausam es ist, aber diese vielen Morde in so kurzer Zeit beweisen, dass Ryker die Kontrolle verliert. Er hat keine andere Wahl!«

Molly kochte innerlich, doch sie gab Ruhe.

»Wenn ich noch etwas zu Mr. Rykers Begleiter sagen darf?«, mischte sich nun der Doktor wieder ein.

»Ja, Doktor?«

»Ein gewisser James Callahan. Ein Günstling Lord

Bottneys. Der Mann ist ein exzellenter Whistspieler. Ich glaube, er hat 7 Robber in Folge gewonnen. Auch Ryker hat zwei Robber gegen ihn verloren.«

»Das bedeutet, Callahan hat Geld dabei. Und Ryker kam wahrscheinlich nur, um beim Spiel schnell Geld für die Flucht zu gewinnen.«

»Das stimmt. Dieser Major gewann allabendlich große Summen. Nur gestern hatte er kein Glück.«

»Er hat seinen Meister gefunden! Callahan schwebt in größter Gefahr!« fügte Ben hinzu.

»Oder ist schon tot!«, meinte Molly trocken, wofür sie betretenes Schweigen erntete.

Die Kutsche stoppte, das Ziel war erreicht. Collins gewahr erst jetzt, dass sie das Hufgeklapper vor dem kleinen Cottage bestimmt verraten hatte. Black war bereits abgesprungen und riss den Verschlag auf. Er klappte den Tritt aus und nacheinander stiegen alle aus. Molly, die wegen ihres umfangreichen Kleides als erste und als Letzte ein- und aussteigen musste, wurde dieses Mal von Collins gebeten sitzen zu bleiben.

»Madame, bitte einen Moment. Wenn alles in Ordnung ist, können Sie in das Haus. Aber wir sehen zunächst nach, ob nicht ein weiteres Verbrechen in diesem Hause verübt wurde.«

Molly fügte sich. Sie nickte.

«Ich hätte nur eine Bitte. Hätten Sie einen Schluck Whiskey oder Gin für mich? Ich fühle mich gar nicht wohl und mich friert etwas.«

Collins sah Snyder an, der in die Innentasche seiner Jacke griff.

»Hier, nehmen Sie , Madame. Es ist französische Cognac. Das wärmt von innen.«

»Sir, ich würde gerne bei Molly...«, sagte Ben, wurde aber von Mortimer Blacks lautem Rufen unterbrochen.

Sir! Kommen Sie schnell! Hier drinnen liegen zwei Menschen auf dem Boden!«

Black war bereits zum Haus gegangen und hatte durch die Fenster gespäht. Alle Männer liefen sofort hin. Black warf sich gegen die Haustüre, um sie aufzubrechen. Sie hielt nur dem ersten Anrennen stand.

Augenblicke später standen die Männer im Wohnzimmer des kleinen Hauses. In der Morgendämmerung erkannten sie eine ältere Dame und einen jungen Mann. Beide lagen auf dem Rücken, beiden hatte man die Kehle durchtrennt. Um den Oberkörper des Mannes war eine dunkle Pfütze zu erkennen.

»Callahan«, sagte Snyder, »Und das ist die Witwe Frazer!«

Während sie geschockt um die Toten standen, rief Ben wie durch Eingebung:

»Molly!«

Er sah die anderen an. Es dauerte nur Sekunden, bis sie verstanden.

Doch die Männer hörten nur, wie die Peitsche des Kutschers knallte und sich die Droschke in Bewegung setzte. Der Wagenführer trieb das Pferd an wie ein Besessener.

Ben und die anderen stürmten hinaus, die beiden jungen Männer rannten sofort hinterher. Sie kamen bis auf wenige Schritte an den Wagen heran, Black versuchte sogar, mit einem Hechtsprung aufzuspringen. Es gelang ihm nicht, sich festzuhalten und er landete im Dreck. Dabei zog er sich schmerzhafte Prellungen zu.

Ben lief noch ein ganzes Stück hinterher, schließlich musste er aber aufgeben. Zu sehr hatten die letzten Tage an seinen Kräften gezehrt.

»Der Kutscher! Das muss Ryker gewesen sein. Wir sind Idioten!«

»Warum springt Molly nicht einfach heraus?«, fragte Black.

»Mit diesem Kleid? Sie würde unter die Räder kommen. Los, stehen Sie auf! Wir müssen hinterher!«

»Au! Verdammt! Ich kann nicht. Ich habe mich verletzt. Gehen Sie, Jenkins. Ich komme zurecht. Los, gehen Sie!«, rief Black und setzte sich hin. Sein Bein war wie gelähmt. Sein Brustkorb schmerzte. Er bekam kaum Luft.

Ben lief so schnell er konnte weiter. Mittlerweile wurde es endgültig hell. Die Vögel sangen, als wäre dies der herrlichste Morgen, den es je gegeben hatte. Ben lief weiter und weiter. Da die Strasse hier nicht mehr gepflastert war, konnte er die Radspuren gut verfolgen. Vielleicht hatte er Glück und die Kutsche wurde beschädigt. Das war bei so rasender Fahrt auf den schlechten Wegen durchaus möglich. An diesem Gedanken hielt er sich fest. Er lief und lief. Sein Geist schien seinen müden Körper zu verlassen. Ben verlor das Gefühl für Raum und Zeit. Er sah nur noch die Wagenspuren. Die Sonne stand schon eine Handbreit hoch, als Ben sah, dass die Kutsche den Weg verlassen hatte und auf eine Wiese eingebogen war. Ben sah sich um. Hier war er schon einmal gewesen.

19 Die Frau im Bach

»Endstation, Schätzchen!«, sagte eine Stimme und eine Hand riss den Verschlag auf.

»Los, raus!«

Molly schob sich langsam durch die Türe. Sie hatte die Stimme sofort erkannt.

»Ryker! Da sind Sie also. Ich habe schon lange mit Ihnen gerechnet. Aber dass Sie die Frechheit besitzen, mich vor den Augen von vier Männern zu entführen, hätte ich nicht gedacht!«

»Mrs. Jenkins! Oder lieber Molly Malone? Meine Verehrung. Fast tut es mir leid, einer so talentierten Künstlerin das Ende zu bereiten. Aber Sie werden verstehen, dass Sie nun sterben müssen!«

»Warum eigentlich? Molly Malone ist längst tot. Molly Jenkins ist für mich auch Vergangenheit. Ich bin nun Marian Wallace, die gefeierte Sängerin! Zusammen könnten wir die Welt erobern, Horatio!«

Ryker schmunzelt.

»Guter Versuch! Wirklich! Sie hätten auch eine gute Schauspielerin abgeben. Aber leider trauen Sie sich das erst nach dem dritten Glas Brandy. Ich habe Sie beobachtet! Sie sind eine Säuferin. Ich tue Ihnen einen Gefallen, wenn ich Sie töte. Sie werden bald nicht mehr auftreten können. Und das Kind Lord Radnors, dass Sie abgetrieben haben? Ein Skandal, der Ihnen auch den Kopf kosten würde. Aber Ihr Tod heute könnte Sie wirklich unsterblich machen!«, grinste der alte Anwalt.

»Woher...? Sie verdammter Hund! Ich werde Sie erschießen!«

Molly zog eine kleine Pistole aus den Falten ihres Rockes und richtete sie auf Ryker.

Rykers Grinsen erstarb augenblicklich.

»Los, die Hände hoch! Umdrehen!«

Ryker tat wie befohlen.

»Warum? Können Sie niemanden erschießen, der Sie ansieht? Oder sind sie feige und schießen einem Wehrlosen lieber in den Rücken?«

»Halt Dein verdammtes Maul, Ryker!«, rief Molly,

Mit einer gewandten Bewegung drehte sich Ryker um, und schlug mit der Peitsche, die er noch immer in der Hand hielt, in Mollys Richtung. Diese war durch den starken Alkohol in ihrer Reaktion verlangsamt und konnte nicht schnell genug ausweichen. Trotzdem drückte sie ab. Das kleine Projektil der Pistole streifte Rykers Arm, und verletzte ihn nur leicht, denn durch den dicken Stoff seines Gehrocks wurde der Schuss zusätzlich gebremst.

»Ha, ha! Ist das alles? Das war kaum mehr als ein Mückenstich, Madame!«, rief er nach einer Schrecksekunde.

Wieder holte er mit der Peitsche aus und erwischte Molly am Hals. Die Peitsche legte sich um den Hals und Ryker zog an. Molly bekam keine Luft mehr und ging auf die Knie. Ryker lief zu seinem Opfer, legte noch weitere Schlingen um ihren Hals. Die Peitsche ließ er einfach hängen und packe sie an den Haaren.

Mit äußerster Brutalität zerrte er sie zum Ufer des nahen Baches. Ohne Rücksicht auf seine Kleidung stieg er in den Bach, der in der Mitte knietief war. Molly hatte inzwischen den Peitschenriemen um ihren Hals gelockert und rang nach Luft. Gleichzeitig strampelte sie wie verrückt und schrie um Hilfe. Ryker zerrte sie an den Haaren weiter ins Wasser, bis er schließlich selbst strauchelte und auf die Knie fiel. Nun waren beide vollkommen nass. Doch Wut und grenzenloser Hass trieben ihn weiter. Molly versuchte, Rykers Hände zu packen, um ihren Haarschopf und Nacken zu entlasten. Wieder stürzte Ryker, diesmal war das Wasser tiefer. Molly konnte sich umdrehen und aufsetzen. Doch schon war Ryker wieder über ihr und packte sie an den Schultern. Nun versuchte er, sie unter Wasser zu drücken, um sie zu ertränken.

»Stirb endlich, Du Hexe! Hörst Du? Du sollst verrecken!«, brüllte er wie von Sinnen. »Ich ersäufe Dich wie eine räudige Katze!«

Doch Molly entwickelte im Todeskampf ungeahnte Kräfte. Das kalte Wasser hatte sie belebt, der Brandwein ermutigt. Es gelang ihr, trotz Rykers Gewichtes über ihr aufzustehen und den Mann umzuschubsen. Nun war sie es, die Ryker unter Wasser drückte. Prustend und japsend kam dieser wieder hoch und befreite sich wieder.

»Du wagst es? Du wagst es, Hand an mich zu legen, Du Hure? Jetzt mache ich ein Ende!«, schrie Ryker.

Er sprang Molly an, legte seine Hände um ihren Hals und drückte zu. Molly blieb wieder die Luft weg. Doch sie wußte, wo Männer am empfindlichsten waren. Sie zog das Knie mit einer einzigen schnellen Bewegung hoch und rammte es Ryker in das Gemächt. Dieser stöhnte auf und ließ seinen Griff locker. Molly schlug ihm die Faust ins Gesicht und konnte sich so endgültig befreien. Ryker fiel rücklings in den Bach. Schon war sie über ihm und drückte ihn unter Wasser. Zunächst zappelte er und versuchte sich zu wehren. Doch dann erschlaffte sein Körper. Sie ließ ihn los und er trieb ein ganzes Stück ab. Molly atmete durch und watete dann langsam in der entgegengesetzten Richtung aus dem Bach.

Nun hatte auch Ben die Kutsche erreicht. Vor seinen Augen erschienen die Bilder, die er im Traum und an ähnlicher Stelle vor wenigen Tagen gesehen hatte. Er hatte große Angst um Molly. Doch anders als zuvor kam ihm Molly aus dem Bachlauf entgegen.

»Molly! Gott sei Dank! Du lebst. Wo ist Ryker?«

»Molly ist tot, Benjamin Jenkins! Sie liegt mit Ryker dahinten im Bach.«

Ben sah sie fassungslos an.

»Was? Wie meinst Du das? Wieso tot? Was ist passiert, Molly?«

»Ich heiße nicht Molly. Molly treibt dort hinten im Bach. Mein Name ist Marian. Marian Wallace!«

Anhang:

Der Hofprediger William Dodd wurde 1777 zum Tode verurteilt und in Tyburn hingerichtet, verurteilt wegen Fälschung eines Pfandbriefes. Ich habe dieses Ereignis in meiner Geschichte um ein Jahr verschoben, damit es dramaturgisch für die Geschichte passte. Interessant ist auch die Geschichte um ein 14 jähriges Mädchen einige Jahre zuvor, das Pennies blank rieb, um sie als Six-Pence-Münzen auszugeben. Sie starb zur Strafe ebenfalls durch die Hand des Henkers am dreibeinigen Galgen in Tyburn. Erst gegen Ende des 18.Jahrhunderts gab es erste Bestrebungen, Strafen für Jugendliche abzumildern und präventive Maßnahmen zu erarbeiten. Ein Vordenker dieser Vorgehensweise war Sir John Fielding, der blinde Richter.

Das Lied »scarborough fair«, übersetzt etwa »Der Markt von Scarborough«, einer kleinen Küstenstadt in Nordengland, stammt vermutlich bereits aus dem Mittelalter, und wurde in 16. und 17.Jahrhundert aufgerschrieben. Der Autor ist unbekannt. Es beschreibt in den bekanntesten Versen die Unmöglichkeit einer Liebe, bei der sich die Liebenden mit unlösbaren Aufgaben konfrontiert sehen. Eine gängige Interpretestion ist die Aufforderung zur Abtreibung durch eben jene Küchenkräuter: Petersilie, Salbei Rosmarin und Thymian.

Der Prior Park im Südosten von Bath ist eine große Gartenanlage, die der Geschäftsmann Ralph Allen mit den dazugehörenden, schlossähnlichen Gebäuden in den 1730er und 40er Jahren errichten ließ. Bereits 1728 erwarb er das Gelände. Ab 1760 ließ Allen dann den klassischen englischen Landschaftsgarten, der bis heute besteht, anlegen. Den Namen hatte der Park von den Prioren, den Bischöfen von Bath und Wells, die hier im Mittelalter einen Hirschpark unterhielten. Der reiche Unternehmer, Postmeister und Steinbruchbesitzer Allen gilt als einer der Männer, die Bath zu dem Kurort der High Society des 18. Jahrhunderts machten. Zu den besonderen Merkmalen des Parks gehört die steinerene Palladiobrücke. Über dem Park thront Prior Park House, mit einem Eingang der an einen antiken Tempel erinnert. Die Gebäude und die gesamten Anlagen sind das steingewordene Statement eines Selfmademans und eine Werbung für seinen damals sehr beliebten Bath-Stone.

Zum Autor

Thomas Ebeling, Jahrgang 1969, lebt und arbeitet in Nürnberg. Erst mit 50 begann er zu schreiben. Das Debut »Tod an der Gracht«, ein Kriminalroman aus Amsterdam, erschien 2020.

Ein weiteres Genre sind historische Erzählungen, wie die Benjamin – Jenkins - Reihe und der Roman »Andeo, Fischerjunge« über das Leben eines kroatischen Fischers Anfang des 20. Jahrhunderts. Mit »Grab im Meer« erschien 2021 der zweite Kriminalroman um den Amsterdamer Kommissar Kies van Beek.

Weitere Bücher des Autors:

6 BÄNDE BENJAMIN JENKINS
erschienen bei Books on Demand:

Whiskey jar

Molly Malone

Spanish Ladies

Yankee Doodle

Loch Lomond

Scarborough fair

KIES VAN BEEK - TOD AN DER GRACHT

Kriminalroman

Erschienen bei Books on Demand

im April 2020

ISBN: 9783751921183

KIES VAN BEEK - GRAB IM MEER

Kriminalroman

Erschienen bei Books on Demand

im Mai 2021

ISBN: 9783753479323

ANDEO, FISCHERJUNGE

Band 1

Roman

Die Lebensgeschichte eines kroatischen Fischers

Erschienen bei Books on Demand

im August 2020

ISBN: 9783751960861